KB206574

나에게 시간을 주기로 했다

나에게 시간을 주기로 했다

1판 1쇄 발행	2020년 4월 1일
1판 16쇄 발행	2023년 7월 6일

지은이	오리여인
발행처	(주)수오서재
발행인	황은희, 장건태
책임편집	마선영
편집	최민화, 박세연
마케팅	황혜란, 안혜인
디자인	권미리
제작	제이오
주소	경기도 파주시 돌곶이길 170-2 (10883)
등록	2018년 10월 4일(제406-2018-000114호)
전화	031)955-9790
팩스	031)946-9796
전자우편	info@suobooks.com
홈페이지	www.suobooks.com
ISBN	979-11-90382-18-2 03810 책값은 뒤표지에 있습니다.

이 도서의 국립중앙도서관 출판시도서목록(CIP)은 서지정보유통지원시스템
홈페이지(http://seoji.nl.go.kr)와 국가자료공동목록시스템(http://www.nl.go.kr/kolisnet)에서
이용하실 수 있습니다.(CIP제어번호: CIP2020011410)

도서출판 수오서재守吾書齋는 내 마음의 중심을 지키는 책을 펴냅니다.

매일 흔들리지만 그래도

나에게
시간을
주기로 했다

오
리
여
인

에
세
이

☺

수오서재

아주 오래오래

걸어야 하니까요

나는 나를

기다려주기로 했습니다

Contents

1부

서두르지 않기로 했다

2부

함께 사는 것이니까

3부

완벽하지 않은 날들이 쌓여

4부

마음이 훌쩍 차오른다

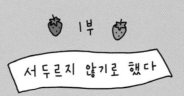

1부

서두르지 않기로 했다

집순이

나는 집순이다. 몇 주 동안 나가지 않고 집에만 있어도 심심하다는 생각이 들지 않는다. 하지만 이런 성향에는 치명적인 단점이 하나 있다. 약속 날이 다가올수록 아주 신경이 쓰인다는 것! 차를 마시거나 밥을 먹거나 술을 마시거나 혹은 전시장이나 강연장에 가는 일정이 생기면 마음 한구석에 이런 생각이 생겨난다.

'약속이 미뤄졌으면 좋겠다. 제발!'

'취소 연락이 왔으면 좋겠다. 제발!'

상대방이 누구인지의 문제가 아니다. 아주 친한 친구와 통화를 하다 신이 나서 잡은 약속이든, 일하기 위한 거래처와의 미팅이든, 혹은 아주 좋아하는 작가의 전시라도 집을 나서는 행위 자체에 피로감을 느낀다. 그런데 정작 상대방은 이런 나의 성향을 전혀 눈치채지 못한다. 막상 나가면 세상 흥이 많은 사람처럼 행동하기 때문이다. 실제로 그렇기도 하지만.

며칠 전에도 친구의 "약속 안 잊었지?"라는 말에 "그럼!"이라고 답하고는 어디 끌려가는 마냥 겨우 머리를 감고 터덜터덜 집을 나섰다. 그러고는 마을버스를 타자마자 '어머 마카롱 집이 생겼구나!', '여기 있던 사진관 없어졌네!' 하며 정신없이 동네를 구경한다. 만나서는 밥과 차를 다 먹고 집에 가보겠다는 친구에게 "한잔할까?" 하면서 막아서기도 한다. 그렇게 실컷 놀고서도 헤어질 때는 아쉬움 가득한 목소리로 조만간 다시 만나자 말을 건넨다. 그러곤 집으로 돌아와 침대에 누우니, 아, 역시 나는 집순이인 건가, 다시 또 생각한다.

'나와 한 약속을 까먹어줘! 제발!'

익숙한 것에 대한 애정

남 생각으로만 산 하루

기분 전환 겸 머리색을 바꾸러 갔는데, 연한 핑크색을 하려다 잡혀 있는 몇 개의 미팅과 강의, 낭독회 등이 떠올랐다.

'연핑크 머리로 낭독이라니, 나를 이상한 작가라고 생각할지도 몰라.'

늘 그렇듯 짙은 갈색으로 염색을 하고 미용실에서 나왔다. 그러다 집으로 돌아오는 길. 몇 가지 눈에 띄는 옷이 보이는 상점으로 들어갔다. 귀여운 곰돌이와 잔잔한 꽃무늬가 들어간 화사한 연노랑 원피스가 걸려 있었다. 옷을 들고 거울 앞에 서 보기도 하고 소재를 보겠다며 만지작거리다 또 이런 생각이 났다.

'10대들이 입을 것 같은 원피스인데 내가 입어도 될까? 너무 어려 보이려 애쓴다고 하지 않을까?'

한참을 고민하다 결국 그냥 나왔다. 세 번째로 들어간 집은 구두 가게였는데 색색별로 다양한 신발을 파는 집이었다. 그중 진한 핑크색 끈이 리본처럼 묶여 있는 꽤 높은 웨지힐이 눈이 들어와 얼른 신고 거울을 보았다.

'아, 예뻐. 근데 30대 중반이 신기에는 조금 부담스러운가. 굽도

높아서 불편할 거야.'

그렇게 여러 상점을 돌고 집에 돌아오니 거울 속에 보이는 검정 원피스에 남색 단화 그리고 갈색 머리를 한 나. 집에 있는 옷들과도 별반 다를 게 없다. 평범했다. 누구는 날이 갈수록 자기만 생각하며 산다던데 나는 자꾸만 마음이 움츠러든다. 나를 위해 기분 전환을 하겠다고 나가서는, 하루 종일 남 생각을 훨씬 많이 하고 왔다.

그나저나 씻고 잠자리에 누우니 더욱 선명해지는 연노랑 원피스와 핑크색 리본 웨지힐.

'누가 사 가면 어쩌지?'

더 중요한 것

저마다

"남산에 자주 갈 수 있어서 좋겠다."

지난가을, 작업실에 놀러 온 친한 언니가 내게 말했다. 내 작업실은 남산이 보이는 해방촌에 있다. 생각보다 자주 가지 못한다는 대답에 지금 같이 가보자는 말이 이어졌고 우리는 함께 흙길을 걸어 올랐다.

"두툼한 흙냄새 좋다."

"정말! 짙은 풀 냄새도 좋아."

해방촌 바로 옆이지만, 남산에 들어서자마자 공기와 냄새가 확연히 달라진다. 천천히 산을 오르며 그동안 못 했던 이야기를 실컷 나눴다.

"저 나무는 아직 푸르다. 붉은 잎이 하나도 없어!"

가을이 한창이었다. 어떤 나무는 단풍이 완전히 들었지만, 어떤 나무는 아직 여름에 머물러 있었다. 또 어떤 나무는 이제 막 물들어가는 중이었다.

"언니, 저 나무가 일등이다. 제일 빨갛잖아!"

"에이, 그런 게 어디 있어."

"다른 나무들도 곧 빨갛게 물들겠지?"

"그럼. 제각각 분명히 가을을 지나고 있을 거야."

빽빽한 나무들. 어느 하나 같은 것 없는 나무들. 때가 되면 저마다 빨갛게 노랗게 각자의 색으로 물이 들고, 또 어느새 부지런히 새 잎을 틔워낼 거다. 그렇게 가을이 지나 겨울이 되고 봄이 오는 거겠지.

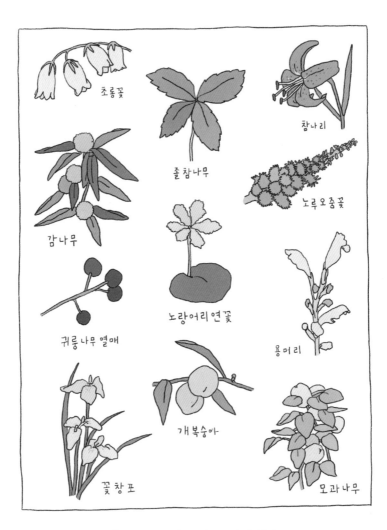

초롱꽃

참나리

졸참나무

노루오줌꽃

감나무

노랑어리연꽃

귀룽나무 열매

용머리

꽃창포

개복숭아

모과나무

단 하나도 같은 것이 없던 남산

시간을 주는 것

식목일이니까 뭐라도 심어야겠다 싶어 화훼 가게가 모여 있는 동대문에 갔다. 블루베리 묘목이나 무화과 묘목, 개나리 묘목…, 다양한 식물들로 가득했다. 키우기 까다롭지 않은 것을 추천해달라고 하니 나팔꽃과 안개초를 보여주었다. 추천해준 것에 안개꽃, 표주박과 수세미까지 총 다섯 가지 씨앗을 사 집으로 돌아왔다.

비어 있는 화분마다 씨앗을 뿌리고 물을 흠뻑 주었다. 두어 달 동안 매일 물을 주며 싹이 나오길 기다렸지만 안개꽃 하나만 겨우 싹을 틔워냈다. 자연스레 화분을 들여다보는 시간도 줄어들었다. 꽤 많은 날이 지난 어느 날, 나팔꽃 화분에서도 싹이 많이 올라와 있는 걸 발견했다. 친구를 만나 드디어 씨앗에서 싹이 났다 말하니, 그녀 역시 아보카도에서 싹이 났다며 신이 난 목소리로 이야기했다.

"슈퍼에서 산 아보카도에서 싹이 났다고?"

"그렇다니까! 인터넷에서 아보카도를 수경재배한 글을 보고 나도 해봐야지 하며 물에 담갔는데 뿌리가 안 나오더라. 그래서 버리려다가 혹시나 해서 하나는 마당 화분에 그냥 꽂아뒀거든. 근데 며칠 전에 보니 싹이 손가락 한 마디 정도 자라 있는 거야. 너무 신기하지 않아?"

한 달 내내 아보카도를 살피다가 포기하고는 그냥 내버려뒀는데 싹이 손가락 마디만큼 자랐다며 신기해했다.

"가끔은 그냥 내버려두는 게 좋을지도 몰라."

땅속에서 꿈쩍도 하지 않던 나팔꽃이 새싹을 삐쭉 틔운 것처럼, 아보카도가 쑤욱 싹을 올린 것처럼, 그들에게 충분한 시간을 주었더니 결국은 싹을 틔워내 얼굴을 보여주었다.

시간을 주는 것.

각자에게 필요한 시간을 충분히 주는 것.

식물에게도 우리에게도 필요한 일.

비가 쏟아져도

몇 시간 혹은
며칠이 지나면

구름이 개이고

비가 그치고
해가 떠오르며

무지개가 뜬다

비가 영원히 내리지는 않으니까

천천히, 천천히

천천히 해야 하는 것들이 있다.

학교 주변에서 운전할 때,

자전거로 내리막길을 내려갈 때,

길고양이에게 다가갈 때,

프라이팬에 식빵을 구울 때,

바느질로 옷을 꿰맬 때.

서두르다 보면 사고가 나거나 위험이 따른다.

무언가 내 곁을 떠나버릴 수도 있다.

그런 것들에는 '빠르게'가 아닌 '천천히'가 필요하다.

그래서 나의 인생, 우리 인생도 천천히 가야 한다.

우리 인생은

식빵보다, 바느질보다

훨씬 더 중요하고 신중해야 하니까.

처음 찾아가는 길

처음 걸음마를 뗀 아이

처음 하는 단체 생활

처음 사랑을 했을 때

처음 이별을 했을 때

처음 되어보는 직장인

처음은 모든 것이 어렵고 서툴다

시글라스

바다에 가면 모래사장을 둘러보며 시글라스를 줍는다. 시글라스
란 유리 조각이 오랜 시간 파도에 부딪혀 작은 조약돌처럼 변한
것인데, 무채색인 돌과는 달리 시글라스는 유리의 색을 간직하고
있다. 주황색, 하늘색, 갈색, 분홍색, 참 다양하다. 파도에 밀려온
시글라스들은 대부분 끝이 뭉툭하고 부드럽다. 유리 조각이 저렇
게 다듬어지려면 참 오랜 시간이 필요했을 텐데, 뾰족하고 날카
로운 모습은 온데간데없다.

사람 마음 같다.
여러 풍파를 겪으면 우리도 둥글둥글해진다.
시글라스처럼 동글동글.

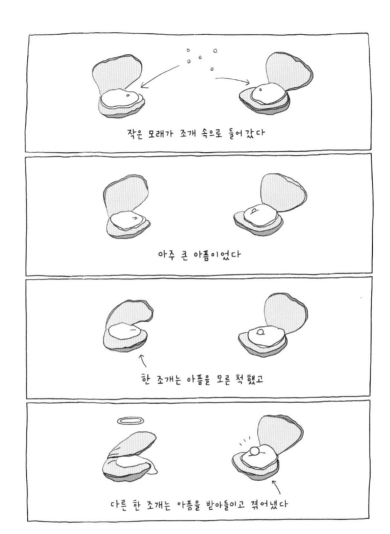

작은 모래가 조개 속으로 들어갔다

아주 큰 아픔이었다

한 조개는 아픔을 모른 척했고

다른 한 조개는 아픔을 받아들이고 겪어냈다

진주가 생기는 과정

관심 없어요

미팅 장소에 도착했는데 옷깃에 묻은 화장품이 눈에 들어왔다. 화장실에 가서 지울까 고민하는 사이 담당자가 들어왔다. 이야기를 하는 내내 자꾸만 옷깃에 눈과 마음이 갔다. 괜스레 손으로 가리기도 했다. 꽤 긴 시간이 걸리는 미팅이라 점심을 먹고 다시 이어나가기로 했다. 식사를 마치고 회의실에 들어가기 전 화장실에서 휴지에 물을 묻혀 벅벅 문질렀다. 화장품은 잘 지워지지도 않았을뿐더러 입고 있던 연노랑 옷은 물을 머금어 진노랑으로 변해 버렸다.

"작가님, 윗옷이 젖었는데요?"

나를 본 담당자가 말을 건넸다. 화장품이 묻어 있어 지우느라 그랬다 설명하자 전혀 몰랐다 말했다. 꽤 뿌옇게 묻어 있었는데, 내 눈에만 보였던 것이었나.

"그러고 보니 노란색 원피스가 되게 잘 어울리네요!"

이제야 원피스를 본 건가? 사람들은 생각보다 내게 관심이 없다. 에잇. 다시 한 번 느낀 날.

풀잎 위 무당벌레

다람쥐가 숨겨놓은 도토리

봄을 알리는 꽃봉오리

밤에 피는 나팔꽃

사랑이었던 그 순간

보름달 뜬 어느 밤

지나칠지도 모르는 것들

힘을 빼세요!

운이 좋아 몇 권의 책을 냈지만 여전히 글을 쓰는 게 어렵다. 그래서 글 쓰는 이야기를 하게 되거나 편집자를 만날 때면 움츠러든다. 오랜 시간 함께해온 편집자는 내게 가끔 이런 말을 한다.

"작가님이 편하게 쓴 글이 좋아요. 힘을 빼보세요."

그때마다 속으로 '그게 쉬운가?' 생각하곤 했다.

작은 규모로 드로잉 클래스를 시작했다. 한 수업에 네 명의 수강생을 가르치는데, 그림을 전공하지 않은 수강생으로 구성된 반이 있었다. 그중 한 명은 겁 없이 그려나가는 반면 나머지 세 명은 자꾸만 주춤하며 어려워했다. 겁먹은 선은 티가 난다. 그런 그림은 사람 마음에 가닿지 못한다.

"여러분, 편하게 그리세요. 힘을 빼고 그냥 죽죽 그려보세요!"

수업 내내 이 말을 외치며 돌아다니는데, 어라? 이 말은 주춤거리던 내게 편집자가 해준 말이 아니었던가?

어릴 때 물에 빠졌던 적이 있다

깜짝 놀란 마음에 몸은 경직되고
나는 깊이 내려갔다

별일 없이 물에서 나왔지만
그 후로 꽤 오래 물을 무서워했다

물과 다시 친해진 것은
동네 목욕탕에서였다

나른해진 마음에 몸이 저절로
두둥실 떠올랐다

훌쩍 자란 몸은 더 무거워졌지만
가벼워진 마음이 만든 결과였다

몸에 힘을 빼면

카레

오랫동안 끓여낸 카레를 좋아한다.

기분이 허한 날에는

냉장고에 남은 채소와 고기를 넣어 카레를 만든다.

칼이 지나간 채소의 단면은 매끈하고 날카롭다.

그렇게 썬 재료들을 냄비에 담아 한참 끓인다.

시간이 지나면서 각진 모서리들이 뭉그러진다.

카레 안에는 날 선 것이 하나도 없다.

모든 재료가 잘 섞여 어우러진다.

몇 시간 동안 끓여내면 집 안에 카레 냄새가 솔솔.

부드러운 시간이 만들어낸 카레를 먹으며

내 마음도 뭉글뭉글해지는 시간.

물방울

달

나뭇잎

오이의 떡잎

밤

씨앗

태양

자연이 만든 것은
왜
다 둥그래?

돌멩이

머루

꽃잎

그건
서로 잘 지내기 위해서야

둥글게 둥글게

비슷한 삶

어릴 때는 흠이 될 만한 것이라고 생각되면 누구에게도 이야기하지 않았다. 셋째 삼촌이 일으켰던 문제들이나 예전 남자친구에게 받았던 상처 같은 것. 그래서 가족 이야기에서는 셋째 삼촌을 쏙 뺐고, 남들에게 아름답게 보일 만한 사랑만 늘어놓았다. 그런데 한 살 한 살 나이가 드니 이런 엉킨 마음이 저절로 풀리게 되었다. 친구네 남동생이 사고 친 이야기나 지인이 시댁에서 겪었던 이야기를 들으면, 사람 사는 게 다 비슷하구나 생각했다. 한 친구는 예전에 얼마나 못된 남자를 만났는지 지금 남편에게 감사하다며 깔깔 웃기도 했다.

과거의 그 일은 내 잘못이 아니다. 내가 떳떳하다면 부끄러워할 필요 없다. 모두가 완벽한 가정에서 자랄 수도 없고 완벽한 연애만 할 수도 없다. 이렇게 비슷한 삶에서 오늘도 위로받는다. 그리고 알아간다. 내 잘못이 아니었다는 걸.

세상에 상처 없이 자란 게 어딨겠어

달콤함이 필요해

냉동고를 열어 초콜릿 조각 하나를 입에 넣는다.

어릴 땐 간식을 잘 먹지 않는 편이었는데

오히려 나이가 드니

아이스크림이나 초콜릿같이 단것을 찾게 된다.

카페에서도 핫초코처럼 단 음료만 주문한다.

씁쓸한 일이 자꾸만 많아져서일까.

내 마음에도 달콤함이 필요하다.

저절로 만들어지는 것이 아닌, 어른

나의 첫 무화과 잼

무화과 잼이 똑 떨어졌다. 아껴먹는다고 아껴먹었는데 마지막 한
스푼이다. 직접 키운 무화과로 만든 잼이었다. 그것도 내가, 내 손
으로! 작년에 키우던 무화과나무에 열두 개의 열매가 열렸다. 작
업실 바깥에 두었다가 다섯 개를 도둑맞은 이후 '따지 마세요!'
푯말을 꽂아놓아 무사히 남은 일곱 개의 열매를 수확했다.

대롱대롱 갓난아기 주먹만 한 무화과들. 잘 영글어서인지 손만
대도 똑 하고 떨어졌다. 몇 개월간 애정으로 키운 작물의 수확은
확실히 남다르다. 손안에 잡히는 물성 때문인지 더 귀하게 느껴
진다. 돈으로도 바꿀 수 없는 이 무화과를 오래 즐기고 싶어 잼을
만들기로 했다. 소량이었지만 그게 가장 오래 무화과를 먹을 수
있는 방법이었다.

잼을 만드는 방법은 간단하다. 무화과를 깨끗이 씻어 물기를 제
거한 후 잘라 냄비에 넣는다. 보드라운 질감을 원하면 믹서에 갈
아서 넣기도 하지만 어느 정도 식감이 있는 것이 좋아 숭덩숭덩
썰어 넣었다. 설탕과 레몬즙도 넣어준다. 레몬즙은 잼 특유의 쫀

득거리는 식감을 만들어준다. 그렇게 오래오래 끓여내면 뭉글뭉글한 잼이 완성된다!

비록 작은 유리병 한 통 분량이었지만 나의 첫 무화과 잼이었다. 식빵이나 베이글에 쓱쓱 발라먹거나 요구르트를 먹을 때 견과류와 함께 올려 먹었다. 주로 출출해지는 늦은 시간에 무화과 잼을 찾았다. 바싹 구운 빵에 나이프로 잼을 퍼서 바를 때 나는 서걱거리는 소리를 들으면 귀부터 풍족해졌다. 배가 불러오는 아름다운 소리. 올해는 "훔쳐 가지 않으면 더 많은 잼을 만들 수 있습니다!" 하고 적어놓을 예정이다.

무 화 과

제주도에서

제주도. 열두 살쯤에 가족 여행을 갔던 기억이 전부인 곳. 그때의 나는 성산 일출봉에서 카우보이 모자를 쓰고 조랑말 위에 올라 사진을 찍었다. 그러고는 만장굴에서 길게 자란 용암 석순과 석주를 보았다. 그날 이후 20년 만의 제주였다. 제주는 공기에서도 바다의 짠 내가 느껴졌다. 곧장 성산 일출봉으로 향했다. 소녀였던 나는 이제 나이를 먹어 그때보다 키도 더 자랐고 눈가에 주름도 생겼다. 하지만 성산 일출봉은 기억 속 모습 그대로였다.

쉬지 않고 정상까지 한번에 가겠다는 마음으로 오르기 시작했다. 경사가 가파른 곳을 오를 때면 허벅지가 묵직하게 땅겨오고 허리 통증도 느껴졌지만, 앞사람이 숨을 돌리는 사이 앞서나갈 때는 묘한 쾌감도 느꼈다. 이마에서는 땀이 주르륵 흘렀고 숨이 차올랐다. 그렇게 20분 남짓을 쉼 없이 오르니 금세 정상이었다. 8만 평이라는 분화구가 한눈에 들어온다. 오목한 곳에 억새가 무수히 나 있고 작은 동물과 새가 찾아왔다.

얼마 전 텔레비전에서 본 장면이 떠올랐다. 죽기 전에 다시 한 번 성산 일출봉에 오르고 싶다던 할머니. 이름 모를 할머니의 무릎이 쾌차하길 진심으로 바랐다. 꼭 이곳에 앉아 이 풍경을 보실 수 있게 되기를.

여기는 제주도

밤하늘을 보며

고향 김천의 시골은 서울과 다른 소리로 밤이 시끄럽다. 개구리와 풀벌레, 간혹 새소리도 함께 들린다.

"누나, 별 많이 떠 있다."

밖에서 볼일을 보고 들어온 동생 동재가 말했다.

"진짜?"

"응. 오늘 엄청 많은데? 나가 봐!"

무섭다고 호들갑을 떨며 동생과 함께 밖으로 나갔다.

"너 별자리 볼 줄 알아?"

"아니. 북극성밖에 몰라. 하하"

아주 오래 별을 바라봤다. 서울은 밤에도 별이 잘 보이지 않는데 시골은 확실히 다르다. 인공적인 빛이 거의 없는 시골 밤은 칠흑같이 어두워 별이 맘껏 자신의 존재를 뽐낸다. 옆에서 별자리 공부를 해야겠다는 동재. 하지만 가끔씩 이렇게 함께 앉아 하늘을 올려다보는 것만으로도 충분할 거라고, 그런 생각이 든 밤이었다.

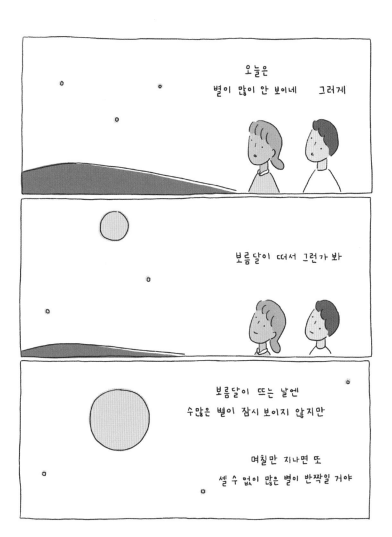

잠시 자리를 내어주는 일

자수를 놓으며

실이 실을 올라타고 다시 실을 올라탄다.
그렇게 작은 뭉텅이가 만들어지면
실은 선보다 면에 가까워진다.
면이 모양을 갖추면서 형태가 된다.

친척 모임에서 누군가가 꽃으로 수놓은 비단 목도리를 하고 온
것이 참 예뻤다. 옆에 있던 엄마 목이 허전했던 게 내내 마음에 걸
려 바느질고리를 안고 며칠 동안 목도리에 꽃을 수놓았다. 삐뚤
빼뚤 그리 예쁜 꽃은 아니었지만 엄마는 무척 기뻐했다. 오랜 시
간 공을 들여야 하는 작업이지만 누군가를 생각하면 시간이 금세
간다.
자수를 놓는 일. 한 땀 한 땀 마음을 천천히 눌러 담는 일.

정성으로 마음을 쏟는 것은 사랑이야

처음

"나 35년 만에 바닷가에서 일출 처음 본다?"

"에이, 거짓말!"

밤 열두 시에 속초로 무작정 떠나보는 것도 처음이었고, 바닷가에서 일출을 보는 것도 처음이었다. 속초의 씨앗호떡도, 500원을 주고 타는 갯배도 모두 처음이었다. 수많은 사람을 만나는 일을 하고 있지만 서른 중반인 지금도 여전히 처음 하는 것이 많다.

얼마 전에는 처음으로 한 번씩 쓰고 버리는 주방 수세미를 사보았고, 공기 청정기가 있다는 영화관에서 영화도 보았다. 이렇게 매일 어떤 '처음'을 맞이할 때면 호기심과 설렘이 마음에 가득 찬다. 사소하지만 모든 처음에 호들갑을 떠는 사람. 그렇게 계속 나이 들고 싶다.

생각해보면

20대에 만나고 헤어져도

30대에 만나고 헤어져도

나는 늘 울었고 슬펐다

이별이 처음이 아닌데도

아프지 않았던 적은 없었다

그 사람과 헤어지는 것은 늘 처음이었으니까

어떻게 알고

"언정이 너는 네가 얼마나 반짝반짝 빛나는지 모르지?"

친구 진재는 문득 내게 이런 말을 한다.

모든 일이 그렇겠지만 가끔은 다 그만두고 싶어진다.

그때마다 어떻게 알았는지 힘이 나는 말을 툭툭 해준다.

친구의 따뜻한 마음이 그대로 전해진다.

사람이 온다는 것

작은 고민

내가 하는 고민에는 여러 크기가 있는데 작은 고민은 선택할 때도, 선택하고 난 후에도 작지만 확실한 행복을 준다. 하루는 작은 고민의 연속이다. 샴푸 하나를 사러 가도 복숭아향이 좋을지 베이비파우더 향이 좋을지 고민하고, 친구와 약속을 준비하면서는 남색 원피스를 입을지 갈색 원피스가 더 어울리는지 고민한다.

작은 고민에는 귀여운 힘이 있다. 복숭아향 샴푸를 고르면 머리를 감을 때마다 화장실이 달콤한 복숭아향으로 채워지고, 살까 말까 한참을 고민했던 탄제린 아로마는 기분이 울적할 때마다 나를 위로해준다.

작은 고민은 위험부담도 크지 않다. 아침에 우산을 가져갈까 고민하다 두고 나갔는데 비가 내리더라도, 그리 큰일은 아니니 나도 새싹처럼 비를 맞아 커지겠다고 생각하면 금세 괜찮아진다.

친구가 강아지를 봐달라고 했다

강아지는 산책 중간중간 멈춰 섰는데

그곳에는 작은 애벌레,
바닥에 떨어진 대추,

붉게 물들어 가는 담쟁이,
미용실 앞 많은 화분이 있었다

난 강아지를 본 게 아니라

더 많은 어떤 것을 보았는지도 모른다

강아지가 보여준 것들

순영이

제주도 서쪽에서 카페를 하는 순영이네에 갔다. 사회에서 만나 오래되진 않았지만 참 각별한 친구다. 카페 2층 테라스에서는 저 멀리 차귀도가 보인다. 아침 일찍 일어나 그곳에 앉아 있으면 부둣가에 오가는 낚싯배들과 제주도의 할망 할방들의 분주한 모습이 눈에 들어온다. 그런 순영의 카페 앞에 최근 집이 하나 지어지기 시작했고, 낚싯배들이 보이고 파도가 일렁이던 차귀도가 보이지 않게 됐다.

"너무 아쉽네. 괜찮아?"

"그럼. 옥상에 올라가면 보이는걸?"

죽을 때까지 눈뜨면 바다를 볼 수 있어서 좋다던 그녀였는데, 이런 상황에도 짜증 한 번 내지 않는다. 맞다. 그녀는 늘 밝고 긍정적이었다. 한참 이야기를 하고 있는데 저 멀리 도나가 온다. 도나는 옆집 할머니가 키우는 개다.

"도나는 이제 우리 집에서 더 많이 지내는 것 같아."

도나 너도 순영이 좋은 사람인 걸 알았구나? 도나와 내가 순영을 사이에 두고 함께 해가 저물어가는 것을 보았다.

밤 산책

나는 밤 산책을 좋아한다. 사람이 없어 한적하고 맨 얼굴로 나가
도 부담스럽지 않은 편하고 편한 시간. 시끄러운 서울도 밤이 되
면 많은 소리에서 해방되고, 사람들의 시선에서도 자유로워진다.
낮과 밤이 확연히 다른 해방촌에 온 뒤로는 더욱 밤 산책을 좋아
하게 되었다.

예쁜 상가 유리창 앞에 서서 한참을 구경한다. 괜한 눈치에 궁금
해도 오래 머물지 못했던 가게 앞에서도 이것저것 살펴본다. 한
밤에 '시선 도둑'이 되어 새로 생긴 카페형 빨래방도 엿보고, 이
사 나갈 준비를 하는 소품 숍도 구경한다. 계단에 길고양이가 보
이면 옆에 앉아 말을 걸기도 하고 집 밖에 내어진 화분들도 자세
히 살핀다. 괜스레 눈치가 보이는 서울에서 밤 산책을 하는 동안
에는 민들레 씨앗이 된 것처럼 자유롭게 두둥실 떠다닌다. 오늘
밤에는 주민센터 앞에 있는 아카시아를 구경해야겠다. 낮에는 늘
동네 어르신들과 사람들이 모여 있어 한참을 바라보기 힘들었는
데, 가서 아카시아 향기를 실컷 맡고 와야지.

비슷하지만 늘 다른 밤하늘

숨으로 만든 안전지대

방 청소를 하다가 어디서 받은지도 모를 풍선 하나가 나왔다. 버릴까 하다 입에 대본다. 보드랍지만 질긴 감촉을 느끼며 숨을 양껏 불어넣는다. 엿가락같이 축 처진 고무풍선에 내 숨이 담기니 통통하게 부풀어 올랐다.

커다란 풍선을 보고 있으니 어릴 적 시골 냇가에서 부모님이 불어주었던 하늘색 캐릭터가 그려진 튜브가 떠오른다. 엄마 아빠의 숨이 꽉 들어차서 한 줌의 숨도 더 들어갈 공간이 없던, 탱글탱글하다 못해 터질 것만 같던 튜브.

당신들의 숨을 타고 물 위를 동동 떠다녔다. 물살이 몰아쳐도 뒤집히지 않았고 발이 닿지 않아도 물속으로 가라앉지 않았다. 엄마 아빠의 숨을 끌어안으면 높은 바위에서도 점프를 풍덩풍덩 잘도 했었다. 그렇게 따뜻하고 탁월한 안전장치가 무척 필요한 요즘이다.

안고 업으며 키운 보물

작게 만드는 마음

오리여인으로 활동한 지 5년 만에 처음으로 휴식기를 갖기로 했다. 가장 먼저 SNS 업로드를 그만두었다. 나는 '팔로우' 숫자보다 '좋아요' 숫자에 민감하게 반응했다. 그림이나 글을 계정에 올리고 나서 '좋아요'가 1분 만에 얼마나 눌리는지, 10분 뒤, 한 시간 뒤, 잠자기 전에도, 아침에 눈을 뜨자마자도 확인했다. 그게 내 그림에 대한 척도가 아니라는 걸 잘 알면서도 '좋아요' 수가 적으면 무언가 부족한가 싶었다. 반대로 '좋아요'가 많으면 앞으로도 이렇게만 그려야 하는 건가 하는 마음이 생겨났다.

또 하나 내가 민감하게 신경 썼던 건 다른 작가의 '좋아요'와 '팔로우' 숫자였다. 나보다 훨씬 많은 '좋아요'를 받은 작가를 보면 스스로 못나고 자격 없는 작가가 된 것 같아 주눅 들었다. 개인 계정이라고 다를 게 없었다. 결혼해서 아이를 낳아 키우는 친구들을 보면 괜히 뒤처지는 느낌이 들었다. 아직도 나만 외롭구나 하는 그런 마음. 이런 게 인생의 잣대가 될 수 없다는 걸 분명히 알고 있었음에도.

나를 작게 만드는 마음에서 벗어나기 위해 모든 SNS 앱을 지웠다. 습관적으로 들어가던 게 없어지니 며칠은 허전하기도 했지만 일주일 정도가 지나니 금세 적응했다. 포스팅을 하지 않으니 당연히 타인의 피드백에 긴장할 일도 없게 됐다.

필요할 때만 SNS에 들어간 지 5개월 정도 지난 요즘. 그사이 마음이 건강해진 건지 이제 다른 작가의 작품에 '좋아요'도 곧잘 누른다. 타인의 시선에서 벗어났던 시간만큼 그 어떤 따뜻함과 동그란 마음이 내 안을 채운 기분이다.

SNS 피드 보는 중

예쁜 피드를 발견했다

얄미워하는 사람이 올린 사진이다

하트를 누를까 고민하다
그냥 모른 척 지나간다

별것도 아닌데,

내 마음이
하트 크기마냥 작고 작아진 기분이다

언제쯤 커지려나, 내 마음

질경이

텔레비전에서 질경이에 대한 이야기가 나왔다. 숲에서 길을 잃었을 때 질경이만 찾아 걸으면 숲 밖으로 나올 수 있다고 했다. 숲속 식물들은 더 많은 햇볕을 쬐기 위해 위로 자라지만, 질경이는 위로 자라는 식물이 아니기 때문에 햇빛을 찾으려 숲이 덜 우거진 쪽으로 자라야 한단다. 그렇게 질경이를 따라가다 보면 자연히 숲 밖으로 나가게 된다는 것이다.

나도 위로만 쑥쑥 자라온 삶은 아니었다. 사람은 물론 일에서도 많이 상처받았다. 하지만 그런 시간 덕분에 얻은 것도 있다. 나와 같은 상황의 어려움을 겪고 있는 사람들에게 도움이 될 만한 조언이나 노하우도 생겼다.

쨍하게 햇빛이 들지 않는다고, 더 높이 자라지 못한다고 꼭 나쁜 것만은 아니다. 햇빛을 받고 쑥쑥 자란 나무는 사람에게 과일도 주고 그늘도 주는 인생이라 좋고, 질경이처럼 삶이 척박하여도 헤쳐나가다 보면 누군가에게 작은 좌표가 되는 삶도 좋다.

나도 질경이 같은 사람이 되었으면 좋겠다 생각했다. 누군가 길을 잃었을 때 나침반이 되어줄 수 있는 그런 사람이 되고 싶다.

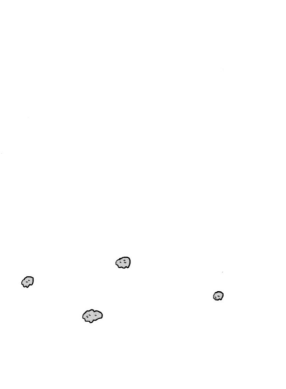

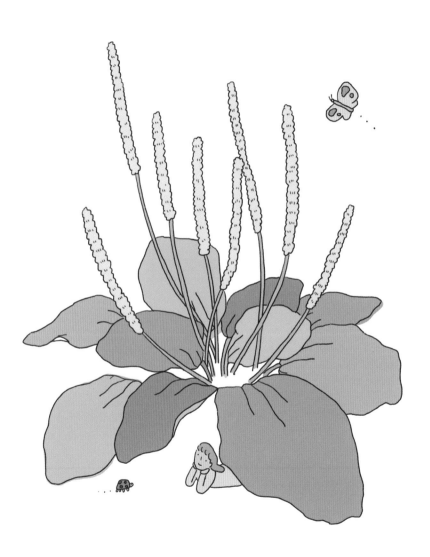

그만큼 가벼워졌다

일을 쉰 지 6개월이 다 되어간다.

친구들은 오래 쉬니 좋겠다며 부러워하고,

엄마는 먹고살 돈은 있는 거냐며 걱정한다.

버는 것 없이 긴 쉼을 가지니 마음만큼 통장도 가벼워진다.

1월에 피부과 다녀왔던 돈이 생각나고

3월에 산 안마기가 괜히 원망스럽게 느껴진다.

며칠 전 특허청에서 날아온 고지서도 한번 노려본다.

그래도 참 잘 쉬었다.

통장이야 다시 채우면 되니까.

매미는 짧게는 몇 년
길게는 십여 년 동안

수액과 이슬만 마시며

남에게 피해 주지 않고
땅과 나무에 살다

자신이 울어야 할 철이 오면

온 힘을 다해 몇 주를 울어댄다

긴 기다림이 헛되지 않도록

개구리가 움츠렸다가 더 멀리 뛰듯,
매미가 오랜 시간 기다리듯

가랑비에 옷 젖듯

엄마와 따로 사는 나는, 엄마를 만날 때면 미주알고주알 이야기를 나눈다. 하루는 나와 생각이 다른 누군가에 대해 말하고 있었다.

"언정아, 상상해봐. 구부정한 막대기에 주머니가 달려 있다고."

"응. 그런데?"

"너는 그 막대기를 밑에서 보고 있지만, 위에서 보는 사람도 있을 거야. 그럼 주머니 쪽을 보는 사람도 있을 테고, 주머니 반대편 지팡이를 보고 있는 사람도 있지 않을까?"

물론 이런 말을 들어도 며칠이 지나면 또 나는 같은 말을 한다. 하지만 엄마는 늘 같은 불만을 달고 사는 내게 지치지도 않고 좋은 이야기를 해준다. 그러면서 좋은 생각을 가까이하라고 말한다. 좋은 책이든 좋은 사람이든 늘 곁에 두라고. 그게 중요하다고. 좋은 이야기를 계속 듣다 보면 가랑비에 옷이 젖듯이 그렇게 좋은 것에 젖어갈 거라고.

어떤 것은 약하고

어떤 것은 강인하고

어떤 것은 사라지고

어떤 것은 생겨나고

그렇게 다 다른 것들이 함께 모여 숲을 이루고 산이 된다

분명히

고양이는 대체로 가을이 예쁘다.
여름이 되기 전에는 털갈이를 하고
겨울에는 조금 더 두툼한 외형을 가진다.
나무는 잎과 꽃도 없는 앙상한 겨울보다
푸르게 우거져 열매 맺을 준비를 하는
여름이 가장 싱그럽다.

내 인생은 어떨까.
앞에 놓인 수많은 나날에서
조금 더디기도, 물러나야 할 때도 있겠지만
반짝거리는 날이 분명히 찾아올 거라
나는 믿는다.

누구에게나 있는
외로움이라는 구멍

어떨 때는 그 구멍이 커져
많은 사람을 마음에 잡아두고

또 어떨 때는 그 구멍이 작아져
다른 것에 귀 기울이기도 한다

모든 사람들이 가지고 있는 것

그리고 절대 사라지지 않는 것

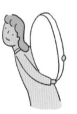

우리가 이고 갈 외로움이라는 것

외롭지 않은 사람은 없다

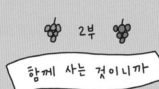

2부

함께 사는 것이니까

식물을 사는 것, 식물과 사는 것

식물을 무척 좋아해 꽃집을 보면 발길을 멈추고 구경한다. 꽃을 사는 것만큼 아름다운 소비가 없는 거라며 예쁘게 핀 꽃들을 집에 들였다. 더 어릴 땐 꽃은 물론 모든 식물에 관심이 없었다. 20대 후반부터 이런 애정이 생겨났는데 이유는 아직도 모르겠다. 엄마가 꽃 사진을 카톡 프로필로 해놓거나 할머니가 꽃무늬 옷이 참 하다며 감탄할 때 전혀 공감 못 했는데, 얼마 전 광화문 길가에 심어놓은 팬지꽃을 동영상으로 찍는 나를 발견하곤 화들짝 놀랐다. 엄마와 할머니를 닮아 이런 걸까, 아니면 그들처럼 나도 세월을 지나고 있다는 증거일까. 혹은 각박한 세상에서 조건 없는 아름다움을 주는 식물들의 고마움을 이제야 알게 된 걸까.

좋아하는 마음과 달리 식물을 제대로 기르지 못한다. 봄과 여름에 들여놓은 식물들은 가을을 기점으로 천천히 시들어가 겨울이 되면 바싹 마른 아이들을 무더기로 내어놓기 바빴다. 이런 나를 보며 친한 언니가 내게 이런 말을 했다.

"식물 또한 반려동물처럼 다뤄야 하는 거야. 집에 데리고 왔으면 살피고 밥도 주고 물도 주고 닦아주며 그렇게 관심을 줘야 해. 그게 함께 살아가는 거야."

그래. 생명을 들이는 것은 아마 이런 것이겠지. 그 후로 나는 충동적으로 식물을 들이지 않는다. 해를 얼마나 자주 봐야 살 수 있는지, 물을 며칠 주기로 주어야 하는지, 그 식물이 사는 데 필요한 것들을 내가 충족시켜줄 수 있을지 꼼꼼히 따진 후에야 데려온다. 함께 사는 것이니까.

추위에 강한 친구  동백나무 / 율마	햇빛을 좋아하는 친구  여인초
물을 자주 줘야 하는 친구  블루스타 고사리	그늘을 좋아하는 친구 아비스 / 칼라데아 
다 비슷해 보이는데	식물도 다 제각각이구나

다름을 알아가는 것

시골에 있으면

"텃밭 볼래?"

얼마 전 시골집에 다녀왔다. 집 뒤쪽 텃밭에는 여러 채소가 자라고 있었다. 상추와 적상추, 곰취랑 케일 그리고 쑥갓. 그 옆으로 오이고추와 청양고추, 토마토, 배추, 브로콜리 등 우리 집 밥상을 늘 신선하게 채워주는 것들로 가득했다.

"웃긴 이야기 해줄까?"

"뭔데?"

"얼마 전에 아빠랑 엄마랑 케일이 맛있다면서 잔뜩 먹었다? 그러고서 뒤로 가니까 브로콜리잎이 하나도 없는 거야. 우리가 케일로 착각해서 다 뜯어 먹은 거지."

"브로콜리잎 먹어도 돼?"

"어. 비타민이랑 칼슘도 많아서 몸에 좋다더라."

그러고 보니 케일과 브로콜리잎이 아주 많이 닮았다. 둘 다 파스텔톤의 청록색에 잎이 넓다. 나보다 시골에 자주 가는 동생은 텃밭에 대해 잘 안다. 케일은 애벌레들이 좋아하는 것 같다며, 상추는 생각보다 벌레들이 없다고 했다.

"누나도 브로콜리잎 한번 먹어봐. 엄청 보드랍고 맛있어."

"너무 커서 거칠 것 같은데?"

"먹으면 깜짝 놀랄걸?"

시골은 모든 게 자연스럽다. 단단하고 뻣뻣하게 힘을 줄 필요도 없다. 바람이 불면 부는 대로 몸을 움직이면 그만이다. 시골에 있으면 내 마음도 순두부처럼 말랑해진다.

그런 삶을 살고 싶다

아침에 일어나 창문을 보면

나무와 산이 보이고

조그마한 텃밭이 있어

키운 것들로 밥을 지어 먹고

밤에는 별과 고요함만이 있는

그런 삶을 살고 싶다

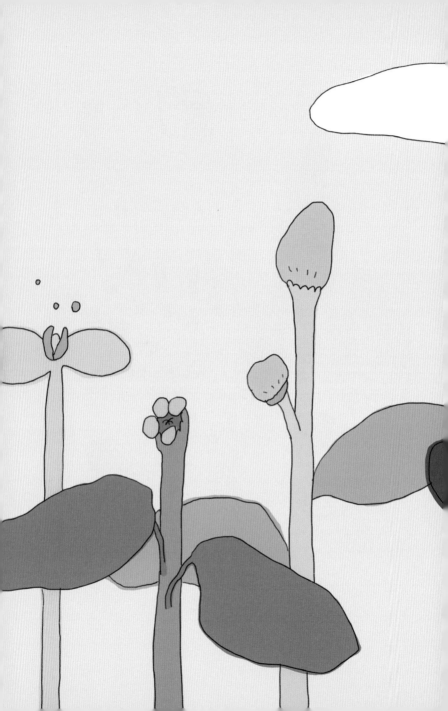

조심조심

밤 11시 30분. 침대에 누웠는데 엄마에게 전화가 왔다.

"어데고?"

"응? 집이지."

"아이고, 깜짝이야."

상기된 목소리로 어디냐고 재차 묻는 엄마. 꿈에서 내가 이를 뽑았는데 피를 너무 철철 흘려 그 모습에 놀라 깼단다. 일어나서도 그 장면이 너무 생생해 바로 전화했다고 했다. 그래서인지 요 며칠 굉장히 조심스러웠다. 칼로 종이를 자를 때도 '손을 다칠 수 있으니 정신 집중!' 하며 조심조심 잘랐다. 횡단보도 신호등이 파란불이어도 주변을 두리번거리며 조심조심, 저녁 늦게 쓰레기봉투를 버리러 갈 때도 취객들을 피해 멀리 돌아서 갔다.

'조심조심!'

엄마가 걱정하니까 정말로 조심조심. 그렇게 며칠을 별일 없이 지냈다. 엄마의 꿈이 나를 지켜준 걸까 아니면 엄마의 마음이 날 지켜준 걸까.

세상의 엄마들이 늘 하는 말

필름 카메라

친한 언니가 필름 카메라로 찍은 사진 한 장을 줬다. 사진 속에는 내가 있었다. 설치 작가인 언니는 여행을 좋아하고 경상도 사투리를 쓴다. 사진 앞면의 만질만질한 촉감이 손끝에 느껴진다.

"와, 언제 찍었어? 진짜 고마워."

"그기 뭐가 고맙노."

핸드폰으로도 충분히 화질 좋은 사진을 찍을 수 있기 때문에 여행을 갈 때도 필름 대신 셀카봉을 챙기는 시대. 그래서인지 필름 카메라로 찍은 사진이 무척 가치 있게 느껴진다.

언니가 쓰는 카메라 필름 수는 스물네 장. 나와 하루를 같이 보내는 날 새 필름을 꼈다고 가정하면, 언니는 스물네 번이라는 한정된 기회에서 가장 아름다운 순간 혹은 기억하고 싶은 순간에 셔터를 눌렀을 것이다. 앞으로 더 좋은 장면이 나올 수도 있다는 마음을 구석에 밀어두고 '지금'을 선택하는 것.

"따-알-깍."

7개월 만에 다시 만난 언니에게서 7개월 전 나를 사진으로 받는 일은 정말이지 특별하다.

사진은 언제든지

그날의 하루로
돌아가는 열쇠 같다

사진을 보는 순간

함께했던 많은 것들이 떠오른다

그날의 너와 나,
그날의 감정

모든 추억을
단 한장으로 끄집어낼 수 있다

기억이 추억이 될 수 있도록

참 많은 밤을 보냈다

고향 집에 내려갈 때면 친구 세연의 얼굴을 잠깐이라도 꼭 보고 올라온다. 그 친구를 만나면 발가락 끝까지 편한 느낌으로 가득 찬다. 서로의 눈곱을 떼어주어도, 목욕탕에서 살찐 뱃살을 드러 내고 묵힌 때를 밀어줘도 부끄럽지 않은 사이. 우리는 열일곱 살 때 처음 만나 고등학교 3년 내내 단짝이었다. 그렇게 벌써 20년이 다 되어가는 시절을 함께 지나왔다.

참 많은 밤을 함께 보냈다. 저녁 아홉 시면 하품하는 나지만, 세연 이만 만나면 새벽까지 말똥말똥한 눈으로 끊임없이 이야기했다. 좋아하는 사람부터 대학교 입시, 이제는 결혼이나 각자의 일에 대해 이야기를 나눈다. 나이가 든 만큼 대화 주제는 달라졌지만, 나란히 누워 밤을 지새우는 건 변함없다.

초록 고추가 숱한 하루를 견디며 바싹바싹 빨갛게 익어 수많은 고추씨를 털어내듯 그렇게 서로의 시간을 우수수 쏟아낸다. 그동 안 털어놓은 작은 이야기들을 어디에다 넣어두었다면 쌀 한 포대 정도로 두둑해졌을지 모른다. 그렇게 우리는 쌓이고 쌓여 거센 바람에도 쉬이 날아가지 않는 묵직한 사이가 되었다.

친구와 긴 세월을 공유한다는 것

누군가를 위하는 마음

주말에 친구가 집으로 놀러 오기로 했다. 모처럼의 초대라 장을 보러 마트에 갔다. 무엇을 만들면 좋을까. 요즘 머리카락이 많이 상했다던데 검은콩을 넣어 밥을 지어야겠다. 명란젓을 잘 먹던 모습이 생각나 젓갈 코너에 가서 어느 것이 더 실한지 물어본다. 예전에 친구가 해줬던 파를 한가득 썰어 넣은 달걀찜을 떠올리며 파와 양파도 가득 담아본다. 언제 먹어도 맛있던 그 달걀찜. 저기 꽈리고추도 보인다. 한 봉지 담으며 메인 요리는 무엇으로 할까 생각한다. 김치랑 고기를 좋아하니까 돼지고기 김치찜을 해야지. 고기와 부재료들을 마저 사서 집으로 돌아왔다. 마침 냉장고에 있는 김치도 잘 익었다.

시간을 오래 들이는 요리를 즐긴다. 먹고 나면 금세 사라지지만, 그래도 많은 정성을 들인 음식을 함께 먹는 것이 좋다. 투박해도 손으로 직접 빚은 만두가 더 좋고, 몇 분이면 완성되는 햇반보다 시간을 들여 밥솥으로 지은 밥이 좋다.

애정하는 마음만큼 두 손 가득 묵직해진 장바구니를 바닥에 내려놓았다. 무엇부터 해야 할까. 처음 꺼낸 것은 검정콩! 찬물에 깨끗하게 씻어 유리그릇에 담가놓았다. 오랜 시간 불려두면 밥에서 겉돌지 않는다. 김치찜용 고기를 꺼내 찬물에 담가두고, 꽈리고추는 끝부분을 살피며 손질한다. 엄마가 준 김치와 물에 담가놓았던 고기 한 덩어리, 양파와 마늘을 냄비에 넣고 물을 자작하게 부은 뒤 불에 올린다. 내일 아침에 친구가 오니, 전날부터 푹 끓여놓아야 더 맛있는 김치찜이 된다. 자기 전까지 대여섯 시간을 끓이고 내일 아침에 조금 더 끓여내면 부들부들 고기가 입에 들어가자마자 녹겠지.

김치찜을 올려놓고 시간을 보내니 온 집 안에 김치찜 냄새가 진동한다. 누군가를 위해 음식을 하며 기다리는 시간, 늘 설렌다.

병이 나은 진짜 이유

남산에 오를 때면

남산이 바로 뒤니 자주 갈 것 같지만, 사실 그렇지는 못하다. 마감을 끝냈다거나, 벚꽃이 한창이라거나, 날씨가 유독 좋다거나 남산에 올라갈 만한 이유가 있을 때 가끔 오른다.

산에 올라가면 재미있는 것들이 많다. 나뭇가지도 굴러다니는 솔방울도 제각각 예쁘다. 그뿐이랴, 각종 잎사귀, 조약돌부터 돌멩이, 바위까지도 뭐 하나 같은 색도 모양도 없다. 얼마 전에는 산에 흐르는 개울에서 개구리알도 보았고 다람쥐 세 마리도 만났다. 이렇게 산 구석구석을 살피다 보면, 한 걸음 떼기가 어려울 정도다.

마음에 드는 것은 다 이고 내려온다. 땅에 떨어진 앙상하지만 선이 고운 나뭇가지, 햇빛에 반짝이는 납작한 콩깍지, 크고 작은 솔방울, 잘 마른 낙엽들까지. 이런 것들은 부서지기 쉬워 봉지나 주머니에 넣을 수도 없다. 그래서 손가락 깍지 하나하나에 끼우고 잡으며 엉거주춤한 포즈로 팔, 손, 등 그리고 다리까지 긴장해서 내려오면 땀이 꽤 나 있다.

나뭇가지는 잘 닦아 투명한 빈 병에 꽂아둔다. 솔방울에 묻은 흙은 털어내고 지난번에 가져왔던 작은 돌멩이 옆에 둔다. 반질반질 아이보리 콩깍지는 모빌 만들 때 쓰려고 빈 통에 잘 넣어두었다. 산에 다녀오면 마음만 풍성해지는 게 아니라 정말 부자가 된다. 가기만 하면 보물이 한가득이니, 남산은 늘 즐겁다. 처음에 올라가자 다짐하는 것이 어렵지만.

남산 초입에서 주운 나뭇가지

중턱에서 주운
마른가지

길에 떨어진 솔방울

남산 계단에 떨어져 있던 나뭇가지

산에서 주어온 것들

섬세해서 좋은 사람

외로워질 때쯤 꼭 연락이 와 손에 이것저것 많이 쥐여주는 민영이라는 동생이 있다. 그녀에게 돌려줘야 할 작은 락앤락 통만 해도 네 개나 된다. 처음 받았던 작은 소포지로 만든 종이가방 안에는 브라우니, 머핀, 인슐린 캔디, 양파 수프, 인스턴트 미역국, 미소 된장국, 붉은색 립스틱 한 개와 얼굴에 붙이는 마스크팩 여러 개가 들어 있었다. 이런 메모와 함께.

"언니, 이 빵은 ○○ 베이커리에서 산 거야. 전자레인지에 살짝 돌려서 먹어. 일 많이 하고 피곤하다고 끼니 거르지 말고 수프나 국 꼭 먹고 자고, 당 떨어질 때는 캔디! 그리고 립스틱은 언니한테 잘 어울릴 것 같아서 넣었어!"

얼마 전에는 호박으로 만든 파이를 가져다주었다. 엄지만 한 작은 통에 꿀도 같이. 호박파이는 먹기 좋게 낱개 포장이 되어 있어서 냉동실에 넣어두었다 생각날 때 꺼내 먹는다. 민영이가 준 것들을 하나씩 쓸 때마다 그녀를 떠올린다. 고향을 떠나 서울에서 혼자 살다 보니 가끔 헛헛한 마음이 들기도 하지만, 이런 친구들 덕에 타지 생활이 외롭지만은 않다.

외할머니댁에 가면

할머니를 따라가서

사과도 따고
대추도 따고

감도 따고
밤도 딴다

그리고 집에 갈 때는

내가 딴 것보다
훨씬 더 많이 담아 주신다

할머니의 사랑

보온 도시락

어릴 때 먹었던 보온 도시락이 생각난다.

보온 도시락이라는 이름을 가지고 있지만

정작 먹을 때에는 아주 작은 온기만 품고 있는 것.

그래서 밥은 조금 눌린 듯하고,

달걀도 수분을 잔뜩 머금고 김치도 미지근해진 그런 것.

엄마가 보온 도시락을 싸는 시간.

내가 집과 학교로 들고 오가는 시간.

엄마가 다시 설거지하는 시간.

도시락 뚜껑을 열면 늘 엄마 생각이 났다.

엄마는 도시락을 싸고 그릇을 씻으며 내 생각을 했겠지.

얼마 안 되어 학교엔 급식실이 생겼다.

도시락을 싸는 시간을 아껴 우리는 무엇을 얻었을까?

서로가 함께 더 많은 이야기를 했을까?

반찬이 남으면 엄마가 서운할까 봐,

열심히 골고루 먹던 그 마음 대신 무엇을 얻은 걸까?

기름 난로가 생각난다

기름을 채우고

성냥으로 불을 붙이고

난로를 켜봤을 때는 기름 냄새를 맡으며
주전자 물이 끓는지 유심히 봐야 한다

그러다 코드 하나로 다 작동되는
전기 히터를 샀다

따뜻하고 편리한데
무언가 빠진 기분은 왜일까

일흥고 얻는 것

엄마의 염색

외갓집 사람들은 다들 흰머리가 아주 늦게 나거나 아예 새치도 없다. 덕분에 나도 흰머리나 새치가 고민인 또래보다 걱정이 없는 편이다. 물론 엄마의 흰머리도 아주 늦게 나기 시작했다. 50대가 훌쩍 지나고 갱년기가 시작할 때쯤 머리가 하나씩 세어갔다.

"엄마 염색 좀 해줄래?"

처음으로 엄마 머리를 염색해주던 날. 엄마도 이제 늙었구나 하는 마음과 동시에 연신 고개를 꾸벅이며 조는 엄마 때문에 염색하기 정말 힘들구나 하는 생각으로 끝이 났다. 그러곤 몇 년 뒤 문득 엄마가 내게 말했다.

"처음 네가 염색해주던 날. 졸지 않으려고 그렇게 노력했는데도 잠이 쏟아지더라. 딸이 머리를 빗겨주고 만져주는데, 정말 편하더라고."

나는 열 살 때쯤부터
김천에서 살았다

아빠는 30대 후반이었다

그때 심은 나무들은
무성하게 자라

내 키도 뛰어넘고
아빠의 키도 훌쩍 넘어섰다

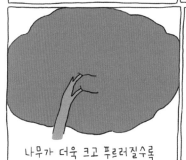

나무가 더욱 크고 푸르러질수록

아빠의 흰머리도 늘어갔다

시간이 흘러간다

가족사진

본가 주방에는 고흐의 해바라기 그림 액자가 걸려 있다. 아마 입주 전 아파트 업체에서 모든 주방에 일괄적으로 달아놓은 것일 테다. 식탁에서 밥을 먹는데 엄마가 그림 액자를 쳐다보며 "여기다 가족사진을 걸면 좋겠는데?" 하고 말했다. 엄마와 아빠가 가족을 꾸린 지 35년. 여행 가서 찍은 사진은 몇몇 있지만 사진관에서 제대로 된 가족사진을 찍은 적은 한 번도 없었다.

몇 주 뒤, 대구에 있는 신생 사진관으로 부모님을 이끌었다. 김천에서 조금 먼 거리에 있었지만 사진작가의 작업물이 우리 집 분위기와도 잘 어울릴 것 같아 그곳으로 결정했다. 촬영이 시작되었고 먼저 아빠와 엄마가 서로 손을 잡고 감싸 안는 포즈를 취하며 사진을 찍었다. 그리고 나와 동생이 차례로 들어가 함께 사진을 찍었다.

"따님이 아버님 어깨에 손을 올려보세요."

"아드님이 어머님에게 조금 기대세요."

작가의 여러 주문이 이어졌다.

"따님, 아버님과 눈을 마주치세요!"

아빠와 이렇게 눈을 오랫동안 마주친 적이 있었던가. 아빠 눈가에는 주름이 많았고 흰자가 탁했다. 거기엔 늙은 아저씨가 서 있었다. 울컥 눈물이 날 것 같았다. 마음속으로 작가에게 간절히 부탁했다. 작가님, 우리 엄마 아빠 예쁘게 찍어주세요.

남은 시간

시간을 쏟는 마음

동네 친구가 몇 달 동안 목감기를 자주 앓더니 결국 후두염을 진단받았다고 했다. 무엇이라도 해주고 싶은 마음에 대충 챙겨 입고 마트에 갔다. 후두염에 좋다는 음식들을 핸드폰으로 검색했다. 도라지, 배, 꿀, 생강, 오미자, 양배추, 홍삼, 매실, 대추 등 생각보다 많은 재료가 기침을 멎게 하고 기관지에 좋았다. 밤꿀과 도라지, 생강, 배를 샀다. 도라지도 가장 싱싱해 보이는 것으로, 생강도 황토색이 나는 질 좋은 것으로 골랐다. 작은 유리병도 함께 샀다.

집에 오자마자 배를 씻어 얇게 조각낸 뒤 냄비에 넣었다. 오랫동안 끓여 뭉글뭉글하게 만들기 위해서다. 한 시간 정도 지나니 수분이 날아가 걸쭉해졌다. 그동안 도라지와 생강 껍질을 칼로 벗겨냈다. 다듬은 도라지 몇 개와 생강을 숭덩숭덩 잘라 함께 냄비에 넣고 다시 한 번 끓였다. 눌어붙지 않게 휘저으며, 가끔은 "아프지 마라! 어서 다 나아라!" 하며 유치한 주문도 외워보면서.

서너 시간 약한 불에서 배가 뭉그러지는 동안 남은 도라지와 생강은 얇게 썰어 체에 받쳐놓았다. 물기를 말려 밤꿀에 넣어 섞어

주면 끝. 점심때쯤에 마트를 다녀왔는데 늦은 오후가 되어서야 친구에게 줄 생강 도라지 밤꿀과 배즙을 완성했다. 친구에게 연락해 선물하고 집에 돌아와 누우니 거실에서 신문지를 펴고 도라지 껍질을 긁던 엄마의 뒷모습이 떠오른다. 엄마도 이런 마음이었을까.

은 공방을 찾았다

은을 두드리고

열을 가하고

또 두드리고 닦고 닦아서

반지를 만들었다

그에게 선물하기 위해

시간과 정성을 쏟는다는 것

사람이라는 책

사람을 만나는 건 책 한 권을 읽는 것.

누군가를 만나는 시간도 한 장씩 차곡차곡 쌓여간다.

처음엔 흥미가 없던 책이어도,

어떤 구절이나 문장만으로도 그 책이 좋아지기도 하고,

예상치 못한 전개에 당황하거나 의문을 가지기도 한다.

사람이라는 책은 아주 방대하다.

영원히 끝나지 않을 것 같은 책을

한 장 한 장 넘기며 상대를 알아간다.

평생을 곁에 두고 읽기도 하지만

어떤 책은 중간에 덮어버리기도,

그러다 슬며시 다시 꺼내 읽기도 한다.

기뻤다가 슬펐다가 그렇게 한 사람을 알아간다.

누군가의 영원한 베스트셀러이길

태풍 안에서

비바람 때문에 창문이 오한이 난 듯 후들후들거리는 시간이 늘어 갔다. "딸깍!" 두꺼비집이 내려가는 소리와 함께 아주 깜깜하게 갇혀버렸다. 당연히 텔레비전도 꺼졌고 물도 나오지 않는다. 암흑과 함께 고요함이 내려앉았다. 침대에서 내려와 슬리퍼 소리를 내며 드르륵 서랍을 열어 초들을 꺼냈다. 아껴두었던 향초는 침대 옆 작은 탁자 위에, 식탁에는 다른 양초를 하나 켠다. 아주 환하지는 않지만 행동하기에 불편하지 않을 정도다. 윙 하고 시끄럽게 돌던 냉장고 돌아가는 소리도 사라지고 이웃집의 우렁찬 우퍼 스피커 소리도 사라졌다. 가만히 누워 있으니 처음 태풍을 경험했을 때가 생각났다.

고등학교에 다닐 때 우리 동네는 태풍 매미를 직격타로 맞았다. 강이 갑자기 불어나 집에 오기 위해 건너야 할 다리는 부서져 날아갔고 집으로 돌아오던 아빠가 고립되어버렸다. 강의 수위는 좀처럼 줄지 않았고, 일주일이 지나서야 아빠는 집으로 돌아올 수 있었다. 그 짧은 사이 아빠는 10킬로그램이 넘게 빠졌다. 지금 그

○ 116 ○

자리에는 부항댐이 생겼다.

고립되었을 때 아빠는 그곳에서 가장 높은, 작은 건물 옥상으로 올라갔다고 한다. 핸드폰도 지갑도 다 물에 떠내려가고 먹을 것이 없어 배가 아주 고팠고, 밤에는 사방에 물 흘러가는 소리뿐이라 정말 무서웠다고 했다. 글로만 읽었던 칠흑같이 검은 밤을 경험했는데, 그 와중에도 별이 눈에 들어왔다고 했다. 정말 그렇게 많은 별이 떠 있는 건 처음이었다고. 아빠는 어떤 마음이었을까. 일곱 번의 시커먼 밤과 일곱 번의 수없이 많은 별을 보는 기분은 어땠을까.

일곱의 시커먼 밤과
일곱의 수없이 많은 별을
보는 기분은 어땠을까

시간이 지날수록
시커먼 밤처럼 물들어갔을까

시간이 지날수록
많은 별처럼 꺼지지 않으려
발버둥 쳤을까

기다리는 이의 마음은
그 긴 밤보다 더욱 시커맸을 테고

기다리며 흘린 눈물은
하늘의 별보다 많았을 그런 밤이었다

투박한 위로

할머니 삼일장을 치르고 집으로 돌아오는 길이었다. 아빠는 거래처에서 걸려온 전화를 받고 있었고, 엄마도 밀린 연락을 주고받느라 바빴다. 집에 다 와갈 때쯤에 아빠는 친구와 통화 중이었다. 통화 내용은 스피커 기능을 통해 차 안에 고스란히 울려 퍼졌다.

"찬기야."

"와?"

"니 이제 고아네."

"그래. 내 이제 고아다!"

"내도 고아다!"

보통 아빠는 소파에서, 엄마는 침대에서 자는데 그날은 엄마가 아빠에게 "들어와서 자이소" 하고 말했다. 조금 열린 안방 문틈에서 고단했던 아빠의 코 고는 소리가 들렸다. 아빠의 마음을 그려본다. 아빠 친구는 아빠의 마음을 이해했던 거겠지. 같이 아파하며 그렇게 투박하지만 따뜻한 위로를 건넨 거겠지.

할머니가 보고 싶었던 아빠

그때 그 노래

친구와 익선동에 갔다. 생각보다 작아 이리저리 금방 한 바퀴를 다 돌았다. 그러다 어떤 가게 앞에 사람들이 길게 줄 서 있길래 기웃거려보니 맛집 소개 프로그램에 방영된 집이었다. 30분 넘게 기다려야 했는데, 함께 온 친구가 꼭 가고 싶다기에 줄을 섰다. 긴 기다림이 끝나고 여러 메뉴를 다양하게 시켰는데, 평소에 먹던 음식과 맛이 크게 다를 것은 없었다.

"에이, 줄 설 정도는 아니다" 하며 친구랑 마저 먹는데 매장에 틀어놓은 노래가 귀에 들어왔다. 학창 시절에 한창 들었던 그때 그 노래들. 나와 친구는 물론 바로 옆에 딱 붙은 테이블에 앉아 있던 사람들까지도 함께 흥얼거렸다.

"와, 이 노래 나 CD로 들었는데!"

"나도, 나도!"

노래가 바뀔 때마다 그에 얽힌 추억들을 이야기했다. 나는 초등학교 때 가수랑 똑같이 옷을 입고 학교에 갔던 이야기를, 친구는 대학교 때 장기자랑으로 춤 연습을 했던 이야기를 하며 추억을

술술 풀어냈다.

"우리 다음에 또 오자."

"좋아!"

지나간 노래를 다시 듣는 것은 지나간 그때로 다시 돌아가는 것.
음식을 먹을 때만 해도 다시 올 집은 아니다 싶었는데, 노래 하나
에 이 집을 좋아하게 될 것 같다.

음악이 가진 힘

표현하지 않아도

장사가 잘되는 순대국밥집에 혼밥을 먹으러 갔다. 애매한 시간이었는데도 사람들이 꽤 있었다. 주인 두 분이 대화를 나눈다.

"요기 앉아 있던 아재는 우체국에 다니는 그 아재지?"

"어, 맞다. 만날 땀 엄청 흘리는 사람. 오늘은 다른 사람들을 데리고 왔네."

"근데 오늘은 왜 땀을 안 흘렸노."

"내가 뒤에 선풍기 틀어줬다 아이가."

그렇게 앉아 끊임없이 말을 주고받는다.

"고추 많이 넣어 먹는 총각은 머리 자르니깐 내 속이 다 편안타."

"맞다, 인물이 살대."

꽤 자주 오던 국밥집이었지만, 늘 많은 손님 때문에 다정하다는 느낌은 못 받은 집이었다. 반찬 더 달라는 말 하나도 눈치가 보여, 할까 말까 망설여지던 그런 집. 맛 하나로 꾸준히 찾던 집이었는데, 정말 의외였다. 그 어떤 손님과도 이야기하는 걸 본 적이 없는데 두 분은 이미 손님들이 어떤 일을 하는지 어떻게 국밥을 '제조'

하는지 세심하게 알고 있었다. 기본적으로 섬세하게 사람을 챙길 줄 알지만 겉으로 표현하지 않을 뿐인 사람들.

오늘은 밥이 덜 되었다며 먼저 순대국밥을 받고 나중에 밥을 받았다. 내게 줄 밥을 담으시길래 "저 조금만 주세요" 하고 말했는데 정말 내가 먹는 양, 딱 그 정도만 담아주셨다. 사장님들은 늘 혼자 와서 먹는 나를 기억하는 걸까. 따뜻한 말을 주고받지는 않았지만 받아든 갓 나온 밥처럼 마음이 따뜻해진다. 그나저나 사장님들에게 나는 어떻게 불릴까? 항상 순대국밥은 특으로 시키는데 요상하게 밥은 남기는 아가씨?

나는 당신에게 어떻게 보일까

두 개의 동그라미

사람은 저마다 하나의 동그라미를 가지고 있다.

누군가를 좋아하게 되면

상대에게 다가가고 싶은 마음이 길게 늘어난다.

그 늘어진 끝이 상대의 동그란 표면을 누르면

그 자리는 쿡 하고 들어가고

주변은 두 개의 산처럼 볼록 올라온다.

그렇게 늘어난 마음과 상대에게 들어간 곳이 맞물리면서

두 동그라미는 그렇게 하트 모양으로 변해간다.

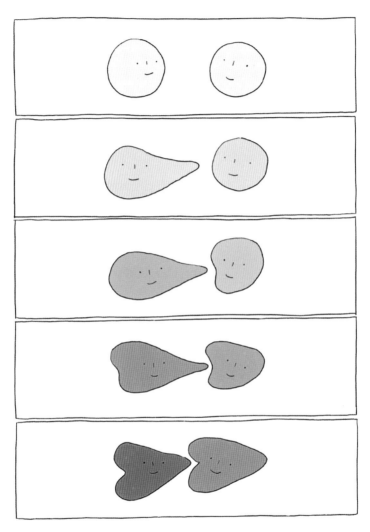

하트

좋아하는 사람이 좋아했던

예전에 만났던 사람 때문에 눈을 좋아하게 되었다. 더는 만나지 않지만, '좋아함'을 배웠다. 그 사람과 우연히 술자리를 하게 된 날이었다. 맥주를 한참 마시고 나오니 세상이 온통 하얗게 눈으로 덮여 있었다. 바로 택시를 타려다 쌓인 눈이 예뻐 조금 걷다가 타기로 했다. 둘이 저벅저벅 눈이 온 거리를 걸었다.

"전 눈 내리는 날이 참 좋아요."

눈을 좋아한다는 그와 그렇게 몇 시간을 계속 걸었다. 눈을 그리 좋아하지도 않았는데 그 사람과 헤어지기 싫다는 마음이 커서 계속 함께 걸었다. 시간이 갈수록 거리에 사람은 없어졌고 눈 속에는 우리뿐이었다. 눈의 기운이었을까. 우리는 그 뒤에 사귀게 되었고, 그 해는 눈이 참 많이도 왔다.

여전히 눈을 좋아한다. 눈을 좋아했던 그 사람 덕에.

팝송을 알게 되고

민트 초코칩을 좋아하게 되고

비 오는 날이 좋아지고

시집을 즐겨 읽게 되었다

이런 나는

내가 좋아했던 모든 사람들이
만들어준 것이다

좋아하는 것이 많아진 이유

오랜만에 화분 산책

아침에 일어나니 비가 내리고 있어 잘됐다 싶었다. 비가 쏟아지는 화요일 아침. 직장인이라면 엄두가 안 날 시간이지만 프리랜서인 나는 주말과 평일의 구분이 없다. 얼마 전부터 비가 오면 화분들을 꺼내어 비 산책을 시켜주려 마음먹고 있던 참이었다.

집에 있는 작은 화분 세 개를 들고 옥상의 테이블에 올려둔다. 밖에 나갈 일이 없는 애들이라 이렇게 비가 오면 비 산책을 한다. 가끔 밤에는 화분을 하나씩 가지고 올라가 앉아 있기도 한다. 허름하지만 크고 반짝이는 남산타워가 바로 보이는 근사한 뷰다.

테이블에서 조금 떨어진 의자를 수건으로 닦은 후 우산을 쓰고 앉아 화분을 바라본다. 만날 수돗물만 먹다가 하늘에서 내리는 비를 먹으면 어떨까? 다디달겠지? 공기도 실내의 텁텁한 공기와는 다르게 깨끗할 것이다. 탁 트인 공간에서 풍족한 공기를 꿀꺽꿀꺽 삼키는 아이들. 함께 비를 맞는 화분 세 개. 나와 함께 사는 유일한 생명체들이다.

첫 번째 꽃을 오래오래 보관하려면

매일 깨끗한 물로 갈아준다

현재에 고여 있지 않게 말이다

두 번째

꽃 기둥을 잘라준다

아파도 잘라낼 곳을 과감하게 끊어내는 것이다

세 번째

이파리가 물에 닿지 않게 정리한다

적당히가 아니라 넘치면 해가 될 수 있기 때문이다

꽃이나 사람이나 다 비슷해

정말 싫은 사람

얼마 전 어떤 모임에서 알게 된 몇몇과 이런저런 대화를 하고 있었다. 그중에는 사고로 얼굴이 일그러지게 되었던 A가 함께 있었다. 그 후 A가 없는 자리에서 한 사람이 이런 말을 했다.

"얼굴이 A처럼 생겼으면 어쩔 뻔했어."

아, 정말 정말 정말 정말 싫은 부류의 사람이다. 그날 이후로 다시는 그 모임에 가지 않는다. 남의 아픔이나 상처, 시간 따위는 전혀 공감하지 못하는 사람. 연락처도 지워버렸다.

얼마 전 카페 주인께서
손님들에게 우산을 빌려주셨다

며칠 뒤 우산을 가지고
카페에 가니

주인께서 환하게 웃으셨다

비슷한 사람들을 본 적이 있다

누군지 몰라도 처음 보아도
따뜻함을 내어주는

그런 사람들 말이다

그런 마음은 어디서 나오는 것일까?

내 동생 동재

여덟 살 아래, 20대 후반이 된 남동생의 핸드폰 배경화면은 내 그
림이다. 얼마 전 동생의 친한 친구와 우연히 마주쳤는데, 동재한
테 누나 이야기 많이 듣는다며 그림 잘 보고 있다고 했다. 부모님
이 나에 대해 걱정 어린 말을 할 때도 동생은 늘 이렇게 말했다.
"조금 더 믿어주자. 누나 열심히 하잖아."
가끔 늘어지거나 마냥 게으르고 싶을 때 이런 작지만 소중한 말
들이 나를 다시 일으킨다.

믿음의 날개가 크면 클수록,
우리는 더 멀리 더 높게 날아갈 수 있다

아직 준비되지 않았다

요즘은 엄마가 가장 친한 친구다. 엄마와의 통화는 대부분 일상적인 대화다. 엄마는 텃밭에 상추를 심을 건데 씨앗을 뿌리는 시기가 지나 싹이 난 것을 심어야 한다는 이야기, 나는 새 로션을 샀는데 피부가 엄청 좋아지는 기분이라는 아주 시시콜콜한 이야기. 엊그제 통화에서는 친구와 아울렛에 가서 연보라색 원피스를 하나 샀다고 말했다. 그러고는 오늘 낮에 엄마에게 새 원피스를 꺼내 입었다고 말하니 엄마가 원피스를 새로 샀냐고 물어온다.

"엄마 내가 아울렛 가서 연보라색 원피스 샀다고 말했잖아. 참하겠다고 말해놓고선!"

"그랬나. 기억이 안 나는데?"

"저번에도 친구 이야기도 까먹더니. 요즘 왜 자꾸 그래."

"너도 내 나이 되어봐라. 깜빡깜빡하는 게 일이다."

그러면서 얼마 전 친구 네 명과 차를 탔던 이야기를 해주었다. 친구 한 명이 이야기를 한참 하다 말이 끊겼는데 다른 친구 세 명에게 어디까지 이야기했느냐 물으니 아무도 기억하는 사람이 없더란다. 무척 재미있는 이야기라 초반부터 친구들끼리 박장대소를 하며 들었는데 까마귀 고기를 먹은 것처럼 깜깜해졌다고 했다. 당신들의 나이에는 익숙한 일이어서 네 명 모두 홀라당 까먹은 것에 또 얼마나 웃겼는지 모른다 말했다. 이런 일을 겪을 때마다 나는 눈썹이 밑으로 내려가는데 엄마는 웃느라 바쁘다. 나는 아직 엄마의 지나가는 세월을 받아들일 준비가 되지 않았다.

어라?

엄마 나 새치 났다

어! 나도 거기서
새치가 제일 먼저 났는데

그러고 보니 엄마랑 나랑
귓바퀴에 점도 비슷하게 있고

발 크기와 손 크기도 비슷하다

스트레스를 받으면
잠을 자는 것도 비슷하다

닮은 꼴

하나의 인생

"아빠는 언제 가장 행복했어요?"

1년 전쯤인가 아빠에게 문자로 물었다. 늦은 오후에 보낸 문자의 답은 밤이 되어서야 도착했다.

"너랑 동재 낳았을 때, 엄마랑 돈 모아서 집 샀을 때."

내 문자를 받은 아빠는 당신의 인생을 죽 헤아린 다음 이렇게 적어 보냈을 것이다. 나의 탄생이 아빠의 인생에서 꼽힐 만큼 행복한 일이었구나 싶어 기쁘고 고마운 마음이 들었다.

"그럼 아빠는 언제 좀 살 만해졌다고 느꼈어요?"

다시 문자를 보내자 이번엔 금세 답장이 왔다.

"영덕 대게 한 박스를 집에 사 가지고 갔을 때."

기억난다. 내가 초등학생일 때 아빠가 포항 옆에 있는 영덕에 가서 네모난 노란색 플라스틱에 대게를 담아왔다. 그렇게 많은 게는 처음이라 아직도 생생하다. 아빠는 그날 정말로 행복했겠구나. 나도 있고 동생도 있고 엄마도 있고 영덕 대게도 푸짐했으니. 십 원짜리, 백 원짜리 동전도 종이에 싸서 모았던 엄마가 아빠에게 엄청 잔소리하던 장면도 기억난다. 그런 잔소리마저 아빠가 듣기엔 그저 간지러운 말들이었겠지.

이렇게 조금씩 이야기를 듣다 보면 아빠의 인생, 엄마의 인생이 더 구체적으로 다가오는 기분이다. 당신들도 하나의 인생을 사는 것인데 그저 엄마 아빠라고 부르며 바라기만 하는 못난 자식이 여기 있다.

동생 집에 동생 취향이 아닌
티셔츠가 걸려 있었다

이 옷
네가 산거야?

엄마가
사준거야

너 이거 입어?

집에 내려갈때는
입지~

네 스타일
아닌데
그래도 입고 가?

입고 가면
엄마가
기뻐하잖아

아~별로야
내 스타일 아니야

왜
이쁜구면

너 기특하네

에?

난 엄마 마음보다 내 마음이
더 중요했는데

동생에게 배운 마음

3부

완벽하지 않은 날들이 쌓여

식물처럼 그렇게

스무 살 이후로 늘 떠돌아다녀야 했다. 이사한 횟수만 세어봐도 열두 번이다. 한국에서 미국 샌프란시스코로, 그다음은 뉴욕. 그러다 다시 한국으로 돌아왔다.

늘 홀로 결정했고 홀로 지내며 홀로 살았다. 요즘이야 '혼밥', '혼술' 이런 말이 흔히 쓰이지만 나는 훨씬 예전부터 혼자서 밥을 먹거나 혼자서 여행을 떠났다. 그러다 문득 이런 생각이 들었다. 홀로 살다 보니 외로움을 등에 지고 마음에 안고 사는 사람이 되어버린 건 아닐까?

누구랑 상의할 수 없으니 언제나 기분 내키는 대로 떠났다가 돌아왔다. 물론 혼자라 많이 외로웠다. 사람의 인기척이 그리울 때면 텔레비전을 켜놓고 그림을 그렸고 책을 읽었다. 공간에는 혼자 있었지만 여러 소리와 행위가 함께했다. 그러면서 사람은 혼자 있을 때 자라는 거라 나를 다독였다. 마치 아무도 모르는 사이에 식물이 훌쩍 자라 있는 것처럼 그렇게 자라 있을 거라고.

지금 사는 집도 산 지 2년이 되었다. 다시 이사 갈 집을 알아봐야 할 때다. 나는 이삿짐을 쌀 때 가장 큰 외로움을 느낀다. 하지만 바람을 타고 다른 곳에서 또 새싹을 틔워내는 식물처럼 그렇게 새로운 곳에 자리를 잡을 거다. 그곳에서도 분명 바람과 비가 내리겠지만, 흔들려도 꽃잎 하나 열매 하나 허투루 떨어뜨리지 않는 식물처럼 그렇게 또 살아갈 거다.

멈추지만 않으면 언젠가 이루어진다는 것을 아니까

그러다 보면

책《직업으로서의 소설가》속에서 무라카미 하루키는 무언가 써
내는 것을 고통이라고 느낀 적도 없으며, 소설이 안 써져 고생한
경험도 없었다 말한다. 즐겁지 않다면 애초에 소설을 쓰는 의미
따위는 없다고 말이다. 애정하는 작가지만 나는 하루키처럼 술술
써내려가는 작가가 아니다. 길을 걷다가도 친구와 이야기하다가
도 아니면 샤워를 하거나 잠자리에 들기 전 생각나는 작은 단어
까지도 메모해두었다가 글을 쓸 때 그것들을 하나하나 꺼내어 더
듬거리며 조합해 완성한다.

최근 전기밥솥이 고장이 났다. 그래서 난생처음 냄비 밥을 시도
했다. 가게에서 파는 냄비 밥을 먹어본 적은 있지만 실제로 해보
니 꽤 고난도 요리(?)였다. 처음 몇 번은 바닥을 태우기도 했고 말
로만 듣던 삼층밥이 되기도 했다. 그러다 정말 가끔은 전기밥솥
보다 훨씬 맛있는 밥을 짓기도 했다. 물론 몇 번의 실패 끝에 간간
이 만나는 행운이었지만.
아마 쌀을 글자로, 밥을 글이라고 한다면 나는 작은 양은냄비 하

나를 가진 사람일지 모른다. 그래서 어떤 날은 맛있고 윤기 있는 밥이 만들어지기도 하지만 어떤 날은 설익고 볼품없는 밥이 완성된다. 그저 내가 할 수 있는 건 계속해서 많은 밥을 지어보는 것. 그것뿐이겠구나 생각했다. 쌀을 부지런히 불리고 살피고 짓다 보면 그중 꽤 맛있는 밥도 나올 테니까.

첫 번째 성냥은

외로운 내 마음
따스하게 불을 붙이고

두 번째 성냥은

작아진 내 꿈에 불을 붙인다

세 번째 성냥은

어른이 되고
삭막해진 감성에 불을 붙인다

내 마음에 성냥 한 통 있었으면

꿈

"꿈이 뭐야?"

어느 정도 친해지면 자주 하는 질문이다. 이런 질문은 처음이라고 난색을 보이는 사람도 있는데 나는 정말 궁금하다. 그 사람의 꿈이.

뉴욕에서 친하게 지냈던 언니가 아주 유명한 강연자의 영어 과외를 했다. 언니는 오랫동안 미국에 살아 그분에 대해 전혀 알지 못했었는데, 중년 여성인 그 사람은 늘 꿈에 대해 이야기한다고 했다. 60살에는 무엇을 할 것이고, 70살, 80살에는 무엇을 할 건지 늘 입버릇처럼 이야기했고, 그 꿈을 위해 영어 공부도 무척 열심히 해서 실력도 금세 늘었다고 했다.

내게 꿈은 삶의 에너지다. 나를 살게 하는 이유다. 행복한 가정을 이룬다거나 어디에 취업하고 싶다거나, 무얼 사고 싶다거나 무수한 꿈이 있겠지만 어릴 때부터 내 꿈은 단 하나였다. 작가로 오래오래 사는 것. 그게 내 유일한 꿈이다.

벽돌이 모여

집을 만들고

강들이 모여

바다를 만들고

별들이 모여

은하수를 만든다

그렇게 `그때의 나`가 모여서 `지금의 나`를 만든다

콕콕 찌른 욕심

얼마 전 한의원에서 피부 치료를 받았다. 평소에는 피부과에서 종종 치료를 받았었는데 침으로 효과를 많이 봤다는 친구의 소개로 간 한의원이었다. 내 얼굴 오른쪽 볼에는 작은 흉터가 있다. 먼저 말하지 않으면 알아보는 경우가 극히 드물었지만 오랜 기간 내 콤플렉스였다.

한의원에서 내가 치료받을 침이 어떤 것이고 어떤 효과가 있는지 긴 설명을 듣고 마침내 수십 개의 침을 양쪽 볼에 찌르는 치료를 받았다. 치료가 끝나자 볼은 아주 붉어졌고 군데군데 피딱지도 보였다. 거울로 내 얼굴을 보고 깜짝 놀랄 만큼. 마치 홍게 등딱지를 올려놓은 것처럼 붉고 오돌토돌했다.

2주 정도 지나면 다시 원래대로 돌아갈 거라고 했지만, 돌아오자마자 병원에서 산 재생 크림을 수시로 바르고 얼굴에 하는 고주파 마사지기도 주문했다. 다섯째가 되던 날에는 인터넷으로 침과 피부 흉을 검색하다가 EFG 성분이 있어야 피부재생이 더욱 잘 된다는 글을 발견했다. 그길로 그 성분이 들어간 크림 두 가지와 비후성 반흔을 예방하고 완화한다는 크림과 연고를 샀다. 피부과에서 쓴 돈보다 관리비가 훨씬 더 많이 들었다.

그렇게 2주가 지났지만, 여전히 얼굴은 붉고 울퉁불퉁했다. 화장을 해도 지저분해 보였고, 눈에 띄지 않던 흉터는 붉게 부은 피부 사이에서 훨씬 도드라졌다.

'하지 말걸.' 하루에도 몇 번씩 드는 후회. 예전에 면접 전날에 살짝 튀어나온 여드름을 짜냈더니 더 큰 여드름이 되었던 일이 생각났다. 늘 가던 미용실을 놔두고 더 예쁘게 해준다는 곳에 소개로 갔다가 결국 머리를 왕창 잘라내야 했던 순간도, 짝사랑하는 사람을 만나러 갈 때 친구에게 화장을 받고는 망했던 경험, 유튜브를 보며 고데기로 머리를 하다가 결국 다시 머리를 감아버렸던 기억도 모두 떠올랐다.

그리 눈에 띄는 흉터도 아니었는데 욕심으로 쿡쿡 찌르고 만지다 괴로움만 더해졌다. 아, 다시 이전으로 돌아가게 해주시면 정말 저를 있는 그대로 소중하게 사랑할게요!

복 받으실 거예요

그때 그 한마디

집주인이 아닌 이상 사는 지역이 유명해지는 건 그리 좋은 일이 아니다. 희한하게 내가 터를 잡는 곳은 금방 유명해졌고, 젠트리 피케이션 현상으로 2년 정도 살고 나면 다른 지역으로 밀려나야 했다. 서울에서는 해방촌에서만 5년째 살고 있는데 3년 정도는 해방촌 초입에서 살다가 점점 사람이 많아지면서 남산과 가까운 안쪽으로 이사를 왔다.

하지만 이곳도 인기 음식 프로그램의 배경으로 소개되고, 여러 매체에서 특색 있는 동네라고 소문이 나면서 몇 년 사이 많은 사람이 몰렸다. 덕분에 다양한 사람들을 구경하는 재미도 생겼고, 중간중간 새로 생긴 편의점 덕분에 손쉽게 물건을 살 수 있게 되었지만, 사실 둘 다 있어도 그만 없어도 그만인 것들이다.

그러다 바로 옆집에서 공사가 들어갔다. 긴 공사였다. 6개월 가까이 길어지는 공사 덕분에 집이나 작업실이 아닌 다른 지역으로 나가 작업하는 일이 많아졌고 해방촌에 대한 애정은 식어갔다. 콘크리트 부수는 소리와 각종 공사 소음이 나를 더 예민하게 만들었다. 옆집에 대한 원망이 극에 달할 때쯤 옆집 사람이 내 작업실로 찾아왔다. 주변에 수소문해도 내 연락처를 구할 수 없었는데 누군가 이 작업실을 알려줬단다. 식당을 준비하는 부부였는데, 그동안 시끄럽게 해서 미안하다며 꼭 한번 본인 식당에서 밥을 대접하고 싶다며 진심으로 사과했다. 수개월 동안 원망하며 온갖 나쁜 감정을 쏟아부었는데 연신 사과하며 손을 덥석 잡아주니 순식간에 그 감정들이 홀라당 날아갔다. 사과받지 못했으면 평생 원망했을 텐데 말 한마디에 수개월의 드릴 소리가 전부 용서되었다. 그 뒤로 나는 그 식당의 단골이 되었고 우리는 밝게 웃으며 인사하는 이웃이 되었다. 진심이 담긴 말 한마디가 없었다면 불가능했을 일이다.

내가 사는 서울은

쩨쩨하다 해도

누군가가 부탁을 들어주어 고맙다며 밥을 사주던 자리였다. 자리
가 끝날 무렵 그 사람이 밥값을 내었고 감사하다는 말과 함께 다
음에는 내가 내겠다고 했다. 무심결에 뱉은 말이었다. 그 시간이
꽤 마음에 들었는지 이후에도 식사 제안이 몇 번 있었는데 매번
사정이 있어 거절했고, 그때마다 마음이 자꾸만 무거워졌다.

'다음에 만나면 내가 밥을 사야 하나?'

그때는 내가 일을 도와주었기 때문에 만들어진 자리였다. 더구나
그 사람을 만나러 오가는 시간은 또 어째? 자꾸만 쪼잔한 생각이
든다. 쩨쩨하다 해도 어쩔 수가 없다. 나는 쓸데없는 시간과 돈을
쓰는 게 세상에서 제일 아까우니까.

밥값은 안 아까운데,
천 원짜리 하나는 아까웠던 날

공간이 필요해

집에 있을 때면 늘 '정리 좀 해야 하는데' 하는 생각을 내내 하게 된다. 옷장에는 몇 년 동안 한 번도 입지 않은 옷이 여러 벌이고, 잡다한 화장품으로 가득 찬 박스도 여럿이다. 약통에는 어디에 쓰는 건지도 모를 약으로 가득하고, 연필꽂이에도 몇 년 동안 쓰지 않은 펜들로 빽빽하다. 이렇게 많은 물건이 어디서 왔나 생각해볼 필요도 없이 내가 지고 이고 와서 쌓아둔 것이다.

매년 해가 바뀔 때마다 대청소를 다짐해보지만 쉽지 않다. 매번 이번 주말에는 해야지, 내일은 해야지 하면서 마음 한구석에 생각도 짐처럼 쌓아둔다. 돌아오는 공휴일에는 무슨 일이 있어도 정리를 해야겠다. 그래야 마음에 쌓인 짐도 덜 수 있을 테니까. 일단 집보다 내 마음의 공간이 필요하다.

헤어지고 난 뒤 버리지 못했던

사진과 편지를 버렸다

힘들 것 같던 시간들은

오히려 잘 정리되어

누군가를 받아들일 수 있는

공간을 만들었다

공간을 비우는 것

접힌 기억

시집을 읽다 접힌 페이지에 붙은 노란 포스트잇을 발견했다. 몇
년 전 만났던 사람에게 선물받은 시집이었다. 글을 잘 썼던 그 사
람은 만나는 내내 수많은 편지와 쪽지를 주었다. 좋은 말로 채워
진 편지가 대부분이었지만 화도 글로 푸는 사람이라 아픈 말이
적힌 편지도 더러 있었다. 노란 포스트잇은 내 마음에서도 접혀
있던 그때 그 시절로 돌아가게 했다.

그는 외로운 사람이었다. 내가 만났던 사람 중에 나보다 더 외로
움에 취약했던 유일한 사람이었다. 우리는 함께 있을 때에도 서
로의 외로움을 채워줄 수 없었다. 서로를 잘 알았지만 애초에 맞
지 않는 조각이었다. 오랜만에 펼친 책의 문장들이 서글프게 느
껴진다. 시간이 지나면 단단하던 철도 부식되어버리듯, 반짝이던
은이 빛을 잃고 변색하듯 그렇게 이 책도 예전처럼 마냥 따뜻하
지는 않았다.

거리란 것은 말이야

한쪽이 정하는 것이 아니야

어떤 이의 곁은

생각한 것보다 조심히 다가가야 해

타인과의 거리는

일방적일 수 없어

거리를 지키고 허락하는 것

연락하지 않는 사이

그 친구와 나는 처음부터 잘 맞았다. 좋아하는 영화나 음악이나 모든 취향이 비슷했다. 서로가 어떤 것을 좋아하는지, 지금 어떤 마음인지 설명하고 해석하지 않아도 되는 사이였다. 하지만 성격적으로는 가끔 부딪혔다. 둘 다 솔직한 편이었으나 친구는 나보다 조금 더 솔직했고, 나는 그 차이만큼 소심함이 더해진 사람이었다. 친구는 문제가 생길 때마다 내게 바로 이야기했다. 나는 그런 따끔한 말들을 차곡차곡 쌓아두다 어느 순간 와르르 터뜨리곤 했다. 예전에도 다툰 적이 있었지만 그때는 얼마 안 가 서로를 그리워했다. 30대 여자 둘이 울면서 절절한 재회를 했으니 말이다. 하지만 이제 더는 연락하지 않는 사이가 되었다.

친구. 어릴 적부터 지금까지 쭉 친하게 지내기도 하고, 단 몇 개월 동안 급격히 가까워지기도 하며, 몇 년 동안 알고 지내다 이내 연락하기 어색한 사이로 남기도 한다. 우리도 그때는 분명 친구였을 거야. 몇 년간 서로에게 큰 기쁨이자 소중한 존재.

유치원 친구

초등학교 친구

중·고등학교 친구

대학교 친구

모두 다 고마워

그 시절 내 옆에 있어 주어서

모두가 남아 있진 않지만 내게 소중했던 사람들

혼영 애찬론자

혼자 영화관에서 영화 보는 것을 좋아한다. 사람들의 아주 작은 움직임에도 방해받고 싶지 않아 최대한 앞쪽에 앉는다. 먹고 싶은 것도 마음대로 골라간다. 무얼 보면서 먹으면 평소보다 두 배 가까이 먹게 된다는데 그래서 더 좋은 건가 싶기도 하다. 그중에서도 가장 큰 기쁨은 감정을 숨기지 않아도 된다는 것이다. 소리 내어 웃기도 하고 눈물이 나면 엉엉 울어버린다. 영화가 끝난 후 올라가는 자막이 끝날 때까지 보는 걸 좋아하는데, 혼자 가면 눈치 보지 않고 편히 감상할 수 있다.

얼마 전 친구랑 함께 영화를 보러 갔다. 울고 싶을 때 마음껏 울지 못했던 게 마음에 걸려 같은 영화를 혼자서 다시 보러 갔다. 하지만 처음 봤을 때의 그 감정을 똑같이 느낄 수 없었다. 울 수 있을 때 펑펑 울었어야 했는데, 역시 나는 혼자 영화를 보는 게 좋다. 책을 혼자 읽듯 그렇게.

무더운 여름이었다

더운 버스를 내려

집에 와서 샤워를 하고

선풍기 앞에 앉아

수박과 아이스크림을 먹으며

TV를 보는 순간

행복, 별거 있나요

마음의 모양

며칠 동안 본가가 비어 오랜만에 잠시 내려갔더니 못 보던 정수기가 생겨 있었다. 주방용품들도 전부 자리가 바뀌어 컵을 못 찾아 앞에 있던 얕은 그릇을 정수기에 두고 버튼을 눌렀다. 그러자 물이 사방으로 튀어올랐다. 잔에 담기는 물보다 튀는 물이 더 많아 안 되겠다 싶어 한참을 뒤적이며 깊은 유리컵을 찾았다. 다시 물을 따르는데, 처음엔 그 안에서 물이 마구 튀더니 어느 정도 차오르니 금세 차분해졌다.

내 마음은 얕아서 사소한 자극에도 감정들이 사방으로 튀어 오르고 만다. 내가 조금 더 깊은 마음을 가졌다면 거친 물줄기도 다 포용할 수 있을 텐데, 그만큼 더 유연하게 받아들일 수 있을 텐데. 이렇게 깊고 긴 유리컵처럼 나도 그런 모양의 마음을 가진 사람이 될 수 있을까?

마음이 바스라질수록
나는 채워졌다

슬펐던 만큼 글을 읽거나
노래를 들었다

후회한 만큼
나를 되돌아 보았고 살폈다

사랑을 잃었을 땐
다시 나에게 더욱 집중했다

그러고보면
비워지는 것은 잃는 것이 아니다

어떤 식으로든 어떤 것으로든
비워진 그곳을 채우고 있었다

비움과 채움

다시는 같을 수 없는

짧게 양양에 다녀왔던 시간을 글로 적어두었는데 컴퓨터 조작이
미숙해 모두 날려버렸다. 아침에 일어나자마자 일어난 일이었는
데 희한하게도 화가 나지 않았다. 오히려 멍하니 하루를 보냈다.
똑같은 글은 절대 다시 쓸 수 없다. 그림과 비슷하다. 아무리 간단
한 드로잉이라도 똑같은 선을 만들어낼 수 없다. 똑같은 악보를
보고 똑같은 건반을 쳐도 누가 치느냐에 따라 다 다른 소리를 내
는 피아노처럼 말이다. 사랑도 마찬가지 아닐까? 나도 사랑하는
사람을 만났었고, 헤어졌고, 또다시 만나기도 했다. 다시 시작하
면 처음처럼 잘 지낼 수 있겠지 생각했지만 결국 어떤 지점에서
늘 턱 하고 걸리고 말았다. 좋았던 그때로 다시 돌아가려 아무리
노력해도 완벽하게 같아질 수는 없었다.

고등학교 때
동양화를 배웠다

붓을 곧게
세워서~

얇은 한지에 먹물을 머금은 붓으로
그림을 그리는 것은

쉽게 번지거나 선이 끊기기
일쑤였다

그래서 덧칠을 하거나
수정을 하기에는 까다로워

선을 슥슥

굉장히 정신을 집중해서
한 번에 그려야 했다

처음부터 끝까지 집중력으로
완성하는 그림이다

동양화의 매력

후회하는 말

화가 나는 날이었다. 처음에는 무얼 해도 좋았던 사람인데 자꾸만 미운 마음이 들었다. 쌓아두었던 아픈 말이 입 밖으로 나갔다. 모래밭에 바늘 한 뭉텅이를 뿌리듯 뾰족하고 날카로운 말을 했다. 그는 바늘이 섞인 모래를 다시 손으로 토닥였다. 아팠을 것이다. 그렇게 우리는 만났고 여름이 오기 전 헤어졌다. 종종 그때의 내가 생각난다. 못난 말, 못난 마음, 못났던 내가 생각나 미안하고 마음이 쓰리다.

후회하면 뭐해

이상하고 묘한 기분

예전에 만났던 사람이 결혼한다는 소식을 들었다. 그 말을 듣고 집에 돌아오니 마음이 괜히 싱숭생숭해졌다. 아니, '싱숭생숭'이라는 단어는 적합하지 않다. 대체할 단어 여러 개를 떠올려보지만 무엇도 충분하지 않아 자꾸만 썼다 지운다. 이런 기분은 처음이라 설명할 말을 찾지 못하는 것일지도 모르겠다.

저녁밥을 푸짐하게 먹었다. 깨끗이 씻고는 침대에 누워 핸드폰을 본다. 어렵지 않게 그 사람의 SNS 계정을 찾았다. 심플한 사람이었으니까. 사진 속 그는 환하게 웃고 있다. 다시 만나고 싶었던 사람도 아니었으면서, 영영 만날 수 없는 사람이라는 낙인이 찍힌 느낌이랄까. 이상하고 묘한 기분이 더부룩한 배만큼 가득 찼다.

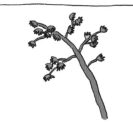

뱅크스소나무는 짝을 만나기 위해
때를 기다린다

바로 200℃

산불이 나서 고온으로 치솟으면

그때 솔방울이 벌어져 씨앗을 뿌린다

뜨거운 온도, 죽을 수 있지만

불타는 그 뜨거운 온도가 되어야
짝을 찾아 나서는 것이다

온 도

밤이 몰려온다

밖에서 즐겁게 지내고 집으로 돌아오자마자
입자가 아주 고운 외로워지는 약을 먹은 기분이다.
서글픈 밤이 빠르게 몰려온다.
이렇게 외로움을 타기 시작한 것은 언제부터였을까.
어릴 땐 외로움을 몰랐던 것일까.
아니면 일찍 잠이 들어 긴 밤을 느낄 새가 없었을까.
나이가 들고 잠이 줄어들고
늦게 자도 뭐라 하는 사람이 없으니
슬픈 밤이 자꾸만 잦아진다.
"누구나 다 외로워."
외롭지 않은 삶은 불가능할까?

추워진 날씨에
후다닥 이불 속으로 들어간다

그러고 보면
이불은 참 오래 곁에 있는 물건

태어나서 죽을 때까지

하루 중 긴 시간 동안

나를 안아주고 덮어준다

커다란 따뜻함으로

물건이 주는 위로

친함의 기준

"너랑 친하다던데?"

친구가 그 사람을 아냐며 내게 묻는다. 아직은 친하다고 말하기엔 어색한 사이였지만 잘 만나고 왔냐 물었다. 집에 돌아와서도 그 사람과 나는 친한 사이인가에 대해 생각했다. 저녁을 두 번 같이 먹었고 그중 한 번은 술을 마셨다. 전시장에 같이 간 적이 있고 차도 마셨다. 설이나 추석이 되면 카톡으로 서로의 안부도 묻는다. 그럼 우리는 친한 사이일까?

친구의 기준도, 친함의 기준도 세상에는 없다. 그래서 누군가가 나와 친하다고 말하는 게 문제되지 않지만, 그래도 여전히 친한 사이는 아닌데 하며 망설인다. 친한 사이는 언제고 쉽게 전화할 수 있어야 하고 오랜만에 만나도 어색하지 않아야 한다. 사소한 것도 주저 없이 말할 수 있고, 밥값을 내도 아깝지 않다. 혼자 사는 내 집에 언제든 와도 재워줄 수 있다. 아, 생각할수록 그 사람과 나는 친하다고 하기에는 아직 먼 사이다.

아무래도 어색해

진짜 나

며칠 전에 포장마차에 다녀왔다. 원래 목청이 큰 편이 아닌데도 포장마차에서는 "이모!" 하고 큰 소리로 주문을 하고, 자꾸만 어깨춤을 추며 와자지껄하게 들썩거렸다. 어제는 고급 레스토랑을 갔다. 요리가 하나씩 나오면 먹을 때마다 입을 닦았고, 접시에도 소스를 많이 묻히지 않으려 노력했다. 먹는 속도도 꽤 느렸다.

그러고 보니 친구를 만날 때도 좀 다르다. 친한 친구의 차를 타면 조수석에서 아빠 다리를 하고서 수다를 떤다. 마음의 거리가 있는 사람의 차를 타게 되면 다리를 가지런히 모으고 더욱 조심한다. 어떤 사람에게는 까다롭게 굴면서 어떤 사람들에게는 부드럽게 대하기도 한다. 나는 어떤 사람일까. 진짜 내 모습은 뭘까.

천사도 악마도

어른스러운 솔직함

나와 오래 알고 지낸 사람들이 내게 늘 하는 이야기가 있다. 솔직함이라는 강박을 버리라고, 단지 스스로 투명해지기 위해 불필요한 말을 하는 건 인간관계에 도움이 되지 않는다고 말이다.

하지만 나는 솔직하지 않으면 상대를 기만하고 속이는 기분이라 마음이 불안해진다. 솔직한 나를 버리긴 싫지만 누군가에게 상처 주고 싶지도 않다. 좀 더 어른스럽게 솔직할 방법이 없을까?

솔직함이라는 포장

자취 생활 노하우

15년 동안 자취 생활을 하니 노하우가 하나 생겼다. 해방촌에 사는 친구들과 자동차를 빌려 함께 마트에 가는데, 주로 마트 문 닫기 두 시간 전이다. 다들 노련하고 알뜰하다. 늦은 시간 마트에서 장을 보면 돈을 쓰면서도 버는 기분이 든다.

만 원짜리 스시 세트를 7천 원에 구매하기도 하고 이것저것 묶어서 만 원짜리를 5천 원에 사기도 한다. 그럼 5천 원을 이득 본 것만 같아 빙그레 웃음이 난다. 오늘은 늦은 저녁으로 먹을 연어 초밥과 대폭 세일하던 소고기, 기획 상품으로 나온 두루마리 휴지와 밀폐 용기가 붙은 시리얼 그리고 과일 몇 개를 샀다. 와, 오늘은 2만 원이나 벌었어!

동네 친구

오토바이

강남으로 가는 길은 언제나 막힌다.

막힌 도로 사이로 요리조리 달리는 오토바이 하나.

내 옆을 지나더니 금세 눈앞에서 사라진다.

"아, 내 인생도 저렇게 막힘없이 달렸으면 좋겠다."

친구가 답한다.

"위험하다."

그래. 모든 것엔 양면이 있지.

아름다움을 볼 수 있는 자격

익숙해지지 않는

어둠 속에 숨고 싶은 날이다. 술자리에서 한 지인이 내게 말했다. "너는 아무것도 아니야. 내가 아는 작가는 그림값이 몇십억이야." 아무것도 아니라는 말을 듣는 순간 나는 그런 존재가 되어버렸다. 가진 것은 자존심 하나뿐. 왕성하게 활동하는 다른 작가들의 전시 소식을 들어도 흔들리지 않았다. 오히려 존경스러웠다. 하지만 지인의 그 말 한마디에 단단한 둑 같던 마음에 티끌만 한 생채기가 생겼다. 그리고 그 틈으로 슬픔이 순식간에 터져 나왔다. 자존심으로 만든 둑이었나 보다. 와르르 무너진 마음 사이로 열정이 빠른 속도로 빠져나갔다. 마음이 물에 젖은 한지같이 질척이고 무거워졌다. 친구에게 털어놓으니 먼지 같은 이야기에 마음 쓰지 말라며 밥이나 먹자 했다. 삼겹살에 소주 한잔을 하고 같이 걷다 해방촌 계단에 앉았다. 달이 보인다. 한참을 친구와 이야기하니 푹푹 젖어 있던 마음이 꾸덕꾸덕 말라간다. 그래. 눅눅해진 내 마음, 시간을 들여 잘 말려주면 마른 한지처럼 더욱 질기고 단단해지겠지.

은정아
넌 꿈이 뭐야?

음···

나는 할머니 될 때까지
글 쓰고 그림 그리는 것!

꿈

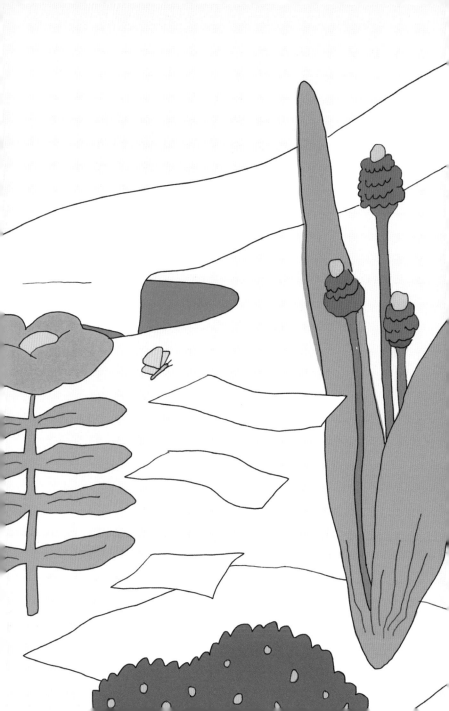

두 가지 인생

매사에 부정적으로 말하는 사람이 있다. '그래서 안 돼', '짜증 나'
라는 말을 입에 달고 산다. 그 사람에게는 모든 순간이 문제가 된
다. 지하철을 탈 때는 사람이 많아 화가 나고, 햇볕이 강하면 얼굴
이 타서 싫고, 밥을 먹을 때는 맛이 없어 짜증 나고, 같이 본 영화
는 재미없어 돈이 아깝다고 한다. 주야장천 이런 말만 달고 산다.
이런 사람도 있다. 함께 지하철 타고 가는데 요즘 이 노래가 좋다
며 들어보라고 이어폰을 건네준다. 햇볕이 비추니 덩달아 기분이
좋아진다고 말한다. 이 집 밥은 간이 심심해서 건강에 좋을 것 같
다 말하고, 나랑 함께 영화를 보는 것만으로 즐겁다고 말한다. 여
기 두 가지의 인생이 있다.

좋은 생각   나쁜 생각

허전하다

며칠 전 손톱을 바투 깎았는데 어느새 자라 있다. 창문을 아주 조금 열어 놨는데 내내 바람이 아주 거세다. 엄마가 친구와 통화하는 소리가 들리고, 동생이 조금 있다 함께 영화를 보자며 내게 말한다. 퇴근 후 아빠는 할머니가 자주 해주셨던 문어숙회를 준비하고 있다. 사랑을 많이 받고 있음에도, 평화롭게 지내고 있음에도 부족하다고 느낀다. 큰 문제가 없는 하루하루인데 외롭거나 괜히 슬퍼진다. 왜 이렇게 자주 허전한 기분이 드는 건지 며칠째 생각해보지만 여전히 이유를 모르겠다. 나 분명 잘 지내고 있는 것 같은데.

외로움은 재채기처럼 숨길 수 없는 것

창밖 풍경

"빨리 내려온나."

아빠가 쓰러져 급하게 김천으로 내려갔다. 늦은 가을이었다. 다인실에는 빈자리가 없어 1인실에 입원해 있었는데, 문을 열자마자 침대 사이즈만 한 아주 큰 창문이 눈에 들어왔다.

늦가을. 창밖으로 작은 산이 고스란히 보였다. 멀어서 작게 보이는 게 아니라 동산에 가까운 하지만 동산보다는 큰, 산이라고 하기에는 애매한 그런 산이 창 속에 있었다.

아름다운 늦가을. 각기 다른 붉은빛과 노란빛. 누워 있는 아빠 뒤로 다채로운 색깔의 나무들이 화려하게 가을을 알리고 있었다. 엄마가 아빠 다리를, 머리를 쓰다듬을 때마다 창밖에서는 바람에 휘날리는 나무들이 색색의 나뭇잎들을 쏟아냈다.

아빠가 아픈데, 아름다운 가을날이라니. 이 와중에도 저 풍경이 눈에 들어오다니. 불편한 죄책감이 몰려온다.

어떤 마음

다들 어떤 마음으로 사는 걸까.

답답한 마음.

갑갑한 마음.

행복한 마음.

측은한 마음.

모든 마음이 뒤엉켜 내 마음을 만드는 것 같은데,

다들 어떤 마음으로 사는 걸까.

도미노가 무너지듯 그렇게 떠밀려 살고 있는 걸까.

우리는 어떤 마음으로 살아야 하는 걸까.

화려하고 행복해 보여도

평화롭고 고요해 보여도

걱정 없이 부유해 보여도

그저 겉으로 보여지는 것일 뿐

그 안이 어떤 감정과 생각으로

채워져 있는지 모른다

가장 어려운 게 사람 마음

4부

마음이 훌쩍 차오른다

재촉하지 않아도

오늘은 '우수'다. 눈이 녹고 싹이 트는 시기. 살다 보면 사람 마음에도 우수가 몇 번이고 찾아온다. 그러다 다시 더워지는 '소서'를 지나 밤이 길어지는 '추분'을 만나고 가장 추운 '소한'에서 홀로 울기도 한다. 하지만 이내 '청명'이 다가온다.

시간이 가면 해결되는 것들이 있다. 살아가고, 그래도 살아가고, 가끔은 울기도 하지만 이내 좋은 일이 온다. 장마가 계속되어도 며칠만 지나면 먹구름이 물러가고 젖었던 옷가지도 뽀송뽀송하게 말려줄 해가 뜬다. 그렇게 또 돌아온다.

시 간

아침밥

"밥 먹어."

아침에 일어나 씻고 분주히 준비를 마칠 때면 어김없이 밥 먹으
라는 엄마의 호출이 이어졌다. 아침상에서는 많은 이야기가 오갔
다. 학교 생활에 대해 조잘조잘 이야기했고, 용돈이 부족할 때면
슬그머니 말하기도 했다. 아빠와 엄마의 일과도 아침을 먹으며
알게 되었다. 두릅으로 장아찌를 담갔는데 며칠만 지나면 먹을
수 있을 거라거나 아빠는 어제 코피가 났는데 좀처럼 멈추지 않
아 놀랐다는 그런 시시콜콜한 이야기들.

아침밥은 각자의 하루가 시작되기 전 출발선에서 맞이하는 따뜻
한 힘이었다. 엄마는 왜 그렇게 우리 밥을 챙겼을까. 밥 먹고 나가
는 우리에게 나가서도 밥 꼭 잘 챙겨 먹으라고 당부가 이어졌다.
다음 날도 그다음 날도 그렇게 아침밥을 먹었다.

사랑하는 사람의 생일에는 미역국을 끓여요

마음이 훌쩍 차오른다

대구 근교에 있는 칠곡에서 첫 미술관 전시를 했다. 여러 유명한 선생님들과 함께하는 전시였다. 심한 감기 때문에 오프닝에는 참석하지 못했고, 며칠 뒤 엄마와 함께 미술관을 찾았다. 엄마에게 내 그림이 전시된 장소를 오랜만에 보여주는 날이었다. 보통 서울이라 일정이 마땅치 않았기도 했고 작은 곳은 왠지 보여주기 망설여져 미뤄왔다. 미술관 입구부터 반갑게 맞아주신 관계자분들과 함께 미술관 곳곳을 돌며 전시를 보았다. 너무 극진히 대우를 해주셔서 몸 둘 바를 모르고 있는데 슬쩍 보이는 엄마의 표정. 무척이나 밝다.

미술관을 다녀온 뒤 아빠를 만나 함께 밥을 먹으러 갔다. 부모님이 아시는 곳이어서 사장님과 이런저런 이야기를 주고받는데 엄마가 "칠곡에 새로 생긴 미술관 가봤어요? 엄청 크고 좋더라고요. 거기 애들 데리고 한번 가 봐요" 하며 인터넷에 올라온 사진들을 보여주었다. 영문을 모르는 사장님은 알겠다며 허허허 웃으셨다. 집에 돌아와서도 엄마는 친구들 카톡방에 미술관 링크를 걸어서 보내고, 통화하면서도 미술관에 같이 가자고 한다. 내 전시가 엄마에게 이렇게 큰 기쁨이 될 줄이야. 너무 늦게 이런 모습을 보여준 것 같았다. 그림을 그리기 시작한 후 처음으로 미안하지 않은 날이었다. 며칠 후 김천에 사는 친구가 미술관에서 찍은 사진을 보내줬다. 함께 간 사람에게 내 친구라고 자랑할 수 있어서, 네가 내 친구여서 무척 좋았다고 말이다. 아, 마음이 훌쩍 차오른다.

엄마 사랑해

온전히 믿어주는 것

일러스트레이터로 외주 작업을 하다 보면 여러 유형의 클라이언트를 만난다. 어떤 곳은 두 개를 요청해도 조금 더 해서 주게 되고, 어떤 곳은 요청한 분량에 딱 맞게 작업한다. 정답이 없는 일이라 꽤 난해한 주문서를 받기도 한다. 예를 들어 "봄처럼 따뜻한데 톤은 시크하면 좋겠고, 심플하지만 생각할 거리를 주는 그런 풍성함이 느껴졌으면 좋겠다" 하는 식의. 만드는 입장에서 참 어렵고 난감하다. 그리고 이런 경우는 대개 수정 작업도 많다.

이제는 일 시작 단계에서 이런 분명하지 않은 이야기를 꺼내면 아쉽더라도 거절한다. 내게는 그럴 역량이 없기도 하고, 지치기 전에 그만두는 게 서로에게 더 좋을 거라 생각한다. 물론 내가 조금 유연했다면 '시크한 봄'이 어떤 것인지 오랜 시간 조율하며 이끌어갈 수 있겠지만 그런 식의 작업과는 맞지 않는 사람이다.

어떤 곳은 나를 100퍼센트 믿고 맡겨주기도 한다.
"작가님이 보시고 느끼는 대로 해석해서 그려주세요."
이렇게 제한이 없어 내 생각을 마음껏 표현할 수 있는 상황에서 더 많은 아이디어가 떠오른다. 그런 때는 애매한 주문서를 추리하는 시간도 절약할 수 있으니 작업의 질도 높아질뿐더러 매번 주문한 것보다 더 많은 시안을 보여주게 된다. 때로는 믿고 맡기는 게 가장 현명한 방법.

우리 딸 자전거 탈 수 있다!

무엇을 꿈꾸는가

영화 〈안도 타다오〉를 봤다. 다큐멘터리에 가까운 이 영화는 일본 유명 건축가인 안도 타다오의 이야기다. 영화 초반 10분이 지났을까 슬그머니 공책을 꺼내 그의 말을 받아 적는다.

"1분의 숨을 고르는 것."

"한 단계 더 위로 가려는 마음."

"인생 한 방인데 실패하면 사과하면 돼."

"죽을 각오로 임해라."

"하려는 마음."

"상상력."

"무엇을 꿈꾸는가."

그가 뱉는 한 마디 한 마디가 가슴에 와 닿았다. 영화가 끝나고 공책에 적은 문장들을 되뇌이며 집으로 왔다. 나이 지긋한 할아버지 건축가도 저리 뜨거운 열정을 안고 사는데, 40년 가까이 젊은 나는 무엇을 꿈꾸는가. 나는 꿈을 꾸고 있는가.

그래, 한평생 열정을 지피고 사는 것.

나라고 못 할 게 뭐가 있겠어!

고등학교 때 대학을 가기 위해
노력했던 시간이 생각난다

그때 나는
발레리나 강수진 발 사진을 붙여놓았다

성한 데 없이 거칠어진
그녀의 발을 보면서

이렇게 노력해보자 되뇌었다

가끔 열정이 사그라지는 것 같을 때

그래
다시 힘내보자

그 때를 떠올린다

무언가를 위해 최선을 다했던 때

하늘의 심성

하늘이 아름다운 이유는 착한 심성 때문이다.

수억 개의 별이 뜨면 하늘은 슬그머니 자신을 검게 물들인다.

별이 더욱 빛나 보일 수 있게.

비가 내리는 날은 회색빛으로 자신을 물들인다.

쨍하게 뜬 햇빛에 비가 날아가버리지 않게.

반대로 해가 뜬 날은 해가 더욱 뽐낼 수 있도록

깊고 푸른 하늘을 만들어준다.

행여나 해의 뜨거움을 원망하는 이가 있을지도 모르니

큰 구름을 슬쩍 끼워 넣어 그늘을 만들기도 한다.

하늘은 자신보다 남을 더 빛내는 법을 안다.

그래서 하늘이라는 말만 들어도,

고개를 들어 바라만 보아도

구겨진 마음이 조금은 펴지는 것이다.

얼마 전 유튜브를 보는데
추천 영상에 먹방 BJ가 떴다

평소에 먹방 방송은 잘 보지 않는데
그녀의 선한 느낌이 좋아 죽 보게 되었다

그녀는 수익금 일부를 보육원에 보내고
재래시장과 소상공인의 먹거리를 알린다

오빠

영상을 다 보고 나서
남자친구에게 말했다

결혼 비용에서
조금 아낀 일부를
불우이웃돕기하면
어때요?

좋아요

마음이 따뜻해졌다

선한 영향력

밝아서, 따뜻해서

반찬를 쓴 세연과 김천에 있는 작은 호수, 연화지에서 밥을 먹고
커피를 마셨다.

"진짜로 너무 좋다."

"고등학교 때부터 지겹게 오는 여기가 아직도 그렇게 좋아?"

"여유를 즐기는 것 자체가 좋아."

이른 새벽에 집에서 나와 회사에 가고, 저녁이 되어서야 집으로
돌아와 자고, 일어나면 다시 건물 속으로 쏙 들어가는 일상이니,
한낮에 이렇게 밖에 있다는 것만으로 행복하다고 했다.

"나는 밝은 게 너무 좋아."

"그래? 난 깜깜한 게 좋은데."

그렇게 말하는데 마치 영화처럼 눈앞으로 아주 작은 민들레 씨앗
이 날아왔다.

"봐, 깜깜하면 이게 보였겠어?"

눈으로 하나하나 담는 게 얼마나 소중한 일인데, 이런 것 저런 것
놓치지 않으려면 역시 밝은 게 좋다며 웃는 그녀. 햇볕이 은은하

게 내리쬐는 곳에 우리는 한참을 앉아 있었다. 온몸이 봄 햇살을 맞아 찌르르하면서 따뜻해졌다. 아, 이래서 난 세연이를 만나나 보다. 밝아서, 따뜻해서.

고등학교 때부터 세연이네 집으로
자주 놀러 갔었다

세연이 어머니가 해놓은 반찬과
밥을 먹으며 자랐다

어머니~

지금도 김천에 가면
세연이네 집에 종종 간다

그때부터 좋아한
버섯 볶음과 고추부각은 언제나 맛있다

우리는 이렇게
사소하지만 위대한 것을

공유하며 자란 사이다

가장 친한 친구

그런 줄로 알았다, 정말

김천에서 부모님이 올라오셨다. 동재의 졸업식 때문이었다. 나이 차이가 꽤 나지만 자주 연락하는 각별한 남매다. 동생은 조용한 성격은 아니었지만 그렇다고 시끄럽지도 않고, 소수의 친구를 만나는 편이다. 아니 그런 줄로 알았다.

동생 덕분에 처음으로 한국의 대학교 졸업식을 제대로 보았다. 학교 입구에는 꽃을 파는 상인들로 빽빽했고, 졸업 가운을 입은 사람과 그렇지 않은 사람들이 한데 어우러져 인산인해를 이루고 있었다. 가장 신기했던 건 대학 곳곳에 걸려 있던 축하한다느니 힘내라느니 각양각색의 현수막이었다. 학교에서 얼마나 인기가 많고 친구들과 사이가 좋으면 저런 것까지 만들어 걸어줄까 하는 생각이 드는데 저 멀리 동재네 학과 앞에 동생의 얼굴이 현수막으로 걸려 있는 게 눈에 들어왔다.

띠용. 조금 더 걸으니 또 동생의 얼굴이었다. 하나가 아니었다. 심지어 엑스 배너도 세워져 있었고, 수십 명의 사람이 동재에게 축하를 건넸다. 동생이 중학생 때 많은 친구를 집으로 데려온 적 이후로 이렇게 많은 사람과 있는 건 처음 본다.

'뭐야, 이런 애였어?'

나름 엄청 친하다고 생각했는데, 동생을 잘 몰랐다. '인기인'의 가족인 덕에 졸업식을 마치고 동생 친구들 스무 명과 함께 밥도 먹게 되었다. 아빠는 친구가 많은 동재가 뿌듯하고 좋은지 연신 웃었고 엄마는 현수막을 찍은 사진을 자꾸만 꺼내어 봤다. 아이고, 동재가 밖에서 이런 사람일 줄이야. 가족이라고 다 안다고 생각하는 건 오산이다, 오산!

땅콩도 이렇게 제각각인데

선물의 완성

얼마 전 아는 지인이 찻집을 열었는데, 로고 작업을 도와주어 고맙다며 찻잎을 선물로 보내주었다. 차는 총 네 가지. 각각 꼼꼼하게 메모도 적혀 있다.

보이차: 항산화 효과가 뛰어나고 노화를 예방한다.

재스민차: 피를 맑게 해주고 눈의 피로에 좋고 간을 보호한다.

카모마일차: 위장 장애와 숙면, 두통과 스트레스에 효능이 있다.

레몬차: 스트레스와 숙면에 좋다.

보이차는 귀한 것이니 여유를 느끼고 싶을 때, 재스민차는 눈이 피곤할 때, 힘들고 지칠 때는 레몬차, 잠들기 전에는 카모마일차를 마시란다.

얼마 전 처음으로 보이차를 마시면서 작업을 했고, 그 주 일요일에는 레몬차를 오늘은 카모마일차를 마셨다. 차 선물은 마실 때 비로소 완성되는 거구나. 향을 맡고 있으니 적어준 메모가 자꾸만 생각난다. 찻잔을 통해 마음까지 따뜻해진다.

차를 마시는 과정은

기다림의 미학이다

시간을 머금은 찻잎에

물을 끓여서

찻잎을 우려낸다

다도는 느림으로 완성하는 온전한 시간이다

기다림의 미학

젊음을 얻는 간편한 방법

눈가에 있는 기미가 자꾸만 진해진다. 며칠 동안 내내 신경이 쓰여 검색으로 효과가 좋다는 레이저 치료를 찾았다. 일주일 가까이 약속이 없었기 때문에 그길로 피부과에 갔다. 의사 선생님과 미팅을 하고 검은 기미들 위에 팍팍 거리는 레이저를 쏜 후 약을 처방받아 집으로 왔다. 첫날은 얼굴이 붉었고 둘째 날은 검어졌고 셋째 날은 더욱 진해졌다. 지어준 약은 그 검은 반점을 소변으로 배출시키는 역할을 한단다. 그렇게 열흘이 지나자 눈에 띄게 얼굴이 환해졌다. 친구를 만나 물었다.

"나 얼굴 좀 어때?"

"살이 좀 빠졌나?"

대답이 돌아왔다. 친구에게 기미 없애는 시술을 받았다 하니 그제야 밝아 보인다는 이야기를 들었다. 집에 와서 다시 얼굴을 살피는데 분명 열흘 전과는 확연히 다르다. 나만 느끼는 것 같지만 신경 쓰였던 것들이 말끔히 사라졌다.

행사 기간이라 큰돈을 들이지 않았는데 얼굴에 생긴 기미를 지우개로 지운 것처럼 없앨 수 있다니! 매번 자연스러운 게 좋다며 나이 드는 것도 괜찮다고 했지만 막상 이런 기술을 접해보니 만족감이 든다. 이런 게 돈으로 젊음을 사는 것일까? 다음에는 엄마도 데리고 가서 이 간편한 젊음을 선물해야겠다.

눈가에 바를 아이크림을 사러 갔다

32000원 21000원

직원분이 추천해주는
두 가지를 두고 고민을 한다

비싼 게
왠지 더
좋을 것 같아

하나는 저렴한 것
하나는 조금 비싼 것

고민을 하다 비싼 것을 구매했다

비싸게 주고 산 거라 콩알만 하게 짜서
매일매일 열심히 바른다

오~
이뻐진 것 같아

나중에
안 사실
이지만
성분이
거의
비슷했다

열과 성을 다한 지 일주일이 지나니
효과가 있는 것 같다

비싸게 산 것은 든든한 내 마음

간단한 일부터!

1. 미루고 있던 치과 치료
2. 손빨래해야 할 옷들
3. 유통기한이 끝나가는 냉동식품
4. 분리수거
5. 카톡 답장하기
6. 작업실 전기 요금 내기

작년에 저작권 문제로 스트레스를 왕창 받고 난 이후로 쓰는 방법인데, 먼저 스트레스가 되는 것들을 모두 적는다. 그리고 가장 쉽게 끝낼 수 있는 것부터 하나씩 해치운다.

먼저 핸드폰으로 작업실 전기 요금을 냈다. 속이 시원하다. 두 번째로 미뤄뒀던 카톡 메시지에 답장을 했다. 역시 후련하다. 옷을 챙겨 입고 치과에 가는 길에 분리수거를 했고, 돌아오는 길에는 냉동 김말이와 함께 먹을 떡볶이를 2천 원어치를 샀다. 김말이를 프라이팬에 노릇노릇 구워 떡볶이 소스에 찍어 먹었다. 배불리 먹고 서너 시간 배를 두드리며 쉰 다음 손빨래해야 할 옷을 챙겨 샤워를 한다. 빨래를 발로 질근질근 밟아가며 몸을 씻었다. 개운하게 씻고 나와 타월로 몸에 남은 물기를 닦은 후 귤 향기가 나는 아로마를 손에 덜어 코앞에 가져다 댄다. 그러고는 바로 침대로! 이렇게 하루 종일 밀린 스트레스를 모두 해결했다.

침대에 누우니 세상 가장 행복하다. 아침과는 딴판인 마음이다.

별것 아닌 것들에게서 찾는 위로

본때를 보여주겠다

운동한 지 일주일이 지났다. 집 앞에 단체로 PT를 하는 곳이 있었는데 개인 PT보다는 비용 부담이 덜해 덜컥 결제를 했다. 선생님은 브라질 사람. 수업을 듣는 사람은 일본인 여자, 캐나다 여자, 한국인 남자 그리고 나까지 총 네 명이다. 첫 시간은 상체 운동을, 두 번째 시간은 하체 운동을, 세 번째 시간은 온몸 운동을 했다. 보통 수영이나 스쿼시 혹은 배드민턴 같은 유산소 운동만 하다가 근육을 단련시키는 운동을 하려니 여간 힘든 게 아니었다. 팔다리가 덜덜 떨릴 정도였다. 운동을 시작하게 된 첫 번째 목표는 다이어트였지만 친구들과의 단톡방에 해둔 말이 내심 신경 쓰였다.

"나 살 뺄 거야."
이 한마디에 수많은 조언과 훈계가 쏟아진다. 친한 친구들이라 매번 밥은 뭘 먹었는지 꼬박 확인하고, 운동은 이렇게 저렇게 하라며 말을 해대는데 보통 잔소리꾼들이 아니다. 그래서 "이번엔 내가 빼고 만다!" 하고 선포한 후 운동을 등록했다. 다들 나를 걱정해서 해준 말이겠지만 내 말은 전혀 위력이 없었다.

'본때를 보여줘야지!'

몸은 너무 힘들었지만, 친구들에게 큰소리를 쳐두었으니 매번 수업을 들으러 갔다. 거대한 바람에 등이 떠밀리듯 다니고 있지만 그래도 나름 꾸준히 하고 있는 셈!

"주말 조심해라!"

어이구, 끝없는 잔소리가 이어진다. 그래, 이번에는 진짜 본때를 보여줘야겠다.

조용히 다 다르게 흘러간 하루

아무것도 안 하기

"아무것도 하지 말고 쉬어!"

글을 써야 한다는 압박에 시달리는 내게 친구가 해준 말이었다. 오늘은 정말 그러기로 했다. 눈을 뜬 시간은 아침 5시 46분. 평소와 비슷하게 일어났다. 일어나자마자 냉장고에서 물을 꺼내 마셨고, 소파 탁자 앞에 멍하니 앉아 있었다. 예전 남자친구를 생각했고, 부모님과 남동생 생각도 했다. 친구들을 떠올리기도 했다. 그러다 엄마가 주셨던 반찬을 꺼내어 밥을 먹고 낮잠을 잤다.

오후 늦게 다시 일어나서는 샤워를 하며 밖을 바라봤다. 3층 높이에 위치한 나의 집. 화장실은 도로 쪽으로 나 있어 건너편 옥상과 다른 집들이 보인다. 서두를 것 없는 하루라 오랫동안 샤워기 밑에서 건너편을 바라보고 있었다. 건너편 집 아주머니가 소쿠리를 들고 올라오신다. 화들짝 놀라 1센티미터만 남기고 창문을 닫았다. 아주머니에게는 내가 보이지 않겠지만 나는 아주머니와 옥상 그리고 건너편 풍경까지 여전히 잘 보인다. 상추와 여러 야채를 딴 아주머니가 아래로 내려갔다.

샤워를 끝내고 온몸에 보디로션을 꼼꼼히 바른다. 팔꿈치가 조금 거칠어졌구나, 발톱을 깎을 때가 되었구나 생각했다. 그리고 맨몸으로 선풍기 앞에 한참을 앉아 있었다. 그렇게 하루를 보내고 나니까 다시, 어서 글이 쓰고 싶어졌다. 가끔은 아무것도 안 하는 것도 내게는 필요한 시간.

자연이 왜 예쁜지 알아?

자연스럽잖아

풀이 삐쭉 나 있어도

흙이 좀 묻어 있어도

시들고 말라가도

날 세운 것이 없이 편하기 때문이야

자연스러움

보고 싶은 마음

누군가를 보고 싶은 마음은 손톱을 닮았다.

자라는 줄도 모르게

조금씩 쉬지 않고 자라고 자라

깎을 시기를 놓쳐 한참 길어져 있는 손톱.

보고 싶은 마음, 그리운 마음은

잘 때도 다른 것에 집중할 때에도

혼자서 저절로 자라난다.

그러다 어느 날 문득 훌쩍 커진 마음을 발견한다.

봉선화 꽃이 폈다

어릴 적에 들은 말 중에

봉선화 물을 들여서
첫눈 오는 날까지 남아 있으면

사랑이 이루어진다는
이야기가 있었다

한낱 떠도는 이야기임을 알면서도

첫눈을 기다리고 또 기다렸다

발그레 물든 것은 봉선화가 아니라 내 마음

그냥 친구

"언정이 아니가?"

얼마 전 세연이와 구미에 있는 한 옷가게에 들어갔는데, 우연히 고등학교 동창의 가게였다. 같은 반인 적은 없었지만 그래도 종종 함께 어울렸던 친구. 고등학교 졸업 이후 연락이 끊어졌는데 어엿한 사장님이 되어 있었다. 일단 내 스타일의 옷이 많아 가게는 합격! 옷을 잘 사지 않지만 친구 할인 찬스로 원피스 두 벌과 강력히 추천한 청바지도 샀다.

"너희 결혼은 했나?"

그때부터 옛이야기가 시작되었다. 15년 만에 처음 만났지만 고등학생 때로 돌아간 것처럼 열띤 수다가 시작되었다. 얼마 전에 결혼한 누구는 결혼식 때 신랑이 그렇게 울었다는 이야기부터 누구는 애를 둘이나 낳았고, 누구는 선생님이 되었다며 잊고 살던 친구들의 근황이 쏟아졌다.

아무것도 묻지도 따지지도 않고 친구가 되었던 그때.

그래서인지 오랜만에 만나도 그냥 친구였다, 친구.

결혼하기 전 청첩장을 돌릴 때

가장 큰 고민은 누구에게
내 결혼을 알릴까였다

여러 사람들에게도 묻고
검색도 했는데

'나도 그 사람의 결혼식에
참석할 것인가'였다

마음껏 축복하고 기뻐해주는

그런 사람, 그런 관계

인생의 중요한 날, 함께하고픈 이들

삶의 모든 장면

주변에서 한두 명씩 결혼하더니 최근에는 아이를 낳은 친구도 꽤 많아졌다. 오랜만에 인스타그램에 접속했는데 첫 화면이 친구와 똑 닮은 아이의 사진이었다. 어찌 다들 부모를 쏙 빼닮았는지 유전자는 참 신기하다. 어릴 때 모습은 본 적 없지만 이렇게 아이를 통해서 그때의 친구를 만난다.

대개 부부는 성인이 된 이후에 연을 맺으니 두 사람의 기억의 시작은 어른의 모습에서 시작한다. 만난 그 순간부터 나이 들어가며 서로의 모습을 쌓아간다. 부부에게 서로를 똑 닮은 아이가 생긴다. 그들을 보면서 상대가 어릴 때 이런 모습이었겠구나, 상상해본다. 그렇게 상대의 어린 시절을 아이를 통해 엿보면서 서로의 인생의 모든 순간을 알아가는 것이 아닐까. 결혼은 정말로 대단한 일이야.

닮은 사람들, 가족

추억은 꿀 같다

추억은 꿀 같다.

알코올처럼 짧은 시간에 날아가 버리지도

성냥처럼 불이 붙어 재가 되어버리지도 않는다.

추억은 시간에 찐득하고 끈적이게 달라붙어

뜨거울 때는 투명해 잘 보이지도 않더니

식어버리면 단단하게 응집된다.

기억의 맛이 달면 달수록

추억도 좀처럼 떨어져 나가지 않는다.

기억은 시간을 통해

한 장 한 장 쌓여간다

바람에 날려가는 것도 있지만

묵직한 기억은
늘 가슴속에 자리 잡혀 있다

우리는 늘
그런 것들을 쌓으며 산다

그리고 그것들은
시간이 지나면 추억이라 불리운다

한 장 한 장 쌓이고 쌓여

눈부신 젊음

초여름이던 어느 금요일 밤. 저녁 약속이 있어 이태원으로 나갔다. 이태원과 해방촌은 아주 가깝지만, 불빛부터 다르다. 사람들의 열기와 옷차림 덕에 벌써 한여름이 느껴진다.

20대 때는 파인 옷들에 더 눈이 갔다면, 요즘은 파인 옷 사이로 보이는 어린 나이만이 가질 수 있는 살의 탄력과 투명함이 먼저 보인다. 여드름이 있어도, 화장이 어설퍼도 그 자체로 모든 것이 싱그럽다. 봄에 반질반질하게 피어난 새잎을 보는 기분이다. 친구와 만나서도 이런 이야기가 이어졌다.

"우리도 아직 어리지만, 이제 보니 참 저런 젊음이 예뻐, 그치?"

"그러게. 눈부시다."

바람에 흩날리는 머리카락 한 올 한 올까지도 예쁘다. 그러곤 친구에게 다시 20대로 돌아가고 싶은지 물었다.

"아니, 나 20대는 많이 힘들었어. 지금이 좋아. 넌?"

"음. 나이는 들었지만 나도 지금이 좋은 것 같아!"

"에이, 뭐야! 웃기다."

시종일관 20대를 찬양하다 결국 현재가 좋다고 말하는 우리. 친구가 눈 밑에 뭉친 화장을 닦아준다며 손을 내밀었다. 이제 눈 밑에는 주름살이 생겨 화장도 잘 끼고, 잘 때마다 아이크림을 듬뿍 발라놓아야 한다. 샤워할 때는 옛날보다 늘어진 가슴과 팔뚝 살, 뱃살도 맞이한다.

친구 집이 아무리 으리으리하게 좋아도 현재 살고 있는 내 집이 제일 편하듯 나 역시 지금의 내가 제일 좋고 편하다. 저리 예쁜지도 모르고 아쉽게 지나간 그때의 나. 시간이 또 흐르면 지금의 나를 그리워하고 예뻐하게 되겠지.

결혼할 남자친구의
할아버지를 뵈러갔다

아흔 살의 세월을 지나온 할아버지

주름이 잔뜩 잡힌 손으로 내 손을 잡고

고마워   고맙다

고맙네

자꾸만 고맙다고 말씀하신다

요것도 먹어봐

맛있어

이것도

먹을 것을 내 앞에 주시며

아이고
귀여워라

예뻐

행복하게
잘 살거라

자꾸만 예쁘다고 하신다

할아버지는 뭐가 그리 고맙고 예뻤을까

계획이 없는 게 계획

은선이와 홍콩 여행을 가기로 했다. 가고 싶던 도시는 아니었다. 쇼핑에는 크게 관심이 없었고 화려한 도시에도 흥미가 가지 않아 진즉에 배제한 곳이었다. 하지만 결국 홍콩으로 행선지를 정한 단 하나의 이유는 저렴한 항공권이었다. 불안한 우리의 처지. 나는 몇 개월 동안 일을 쉬고 있었고, 은선이도 해외에서 쉽지 않은 작가 활동을 하는 터라 가격이 최우선이었다.

처음 가는 홍콩이자 둘의 첫 해외여행이었지만, 어떤 계획도 짜지 않았다. 둘 다 꼼꼼히 여행 일정을 짜고 매시간을 가득 채워 보내는 유형의 여행자가 아니었다. 호텔도 적당한 가격의 상품으로 금방 결제했고, 밥을 먹을 때에도 어슬렁어슬렁 다니다가 현지인이 많아 보이면 무작정 들어가기로 했다.

그래서 여행 내내 모든 게 허술했다. 하지만 마음은 무척 편했다. 은선이는 속옷을 두고 와 홍콩에서 팬티 두 장을 더 사야 했고, 나는 마지막 날에 입을 옷이 없어 3만 8천 원짜리 원피스를 하나 샀다. 둘 다 돼지코도 준비하지 않아 번갈아 가면서 충전했고 보조

배터리도 챙겨가지 않아 사진도 많이 찍지 못했다. 하지만 그래서 정말 오랜만에 마음 편한 여행이었다.

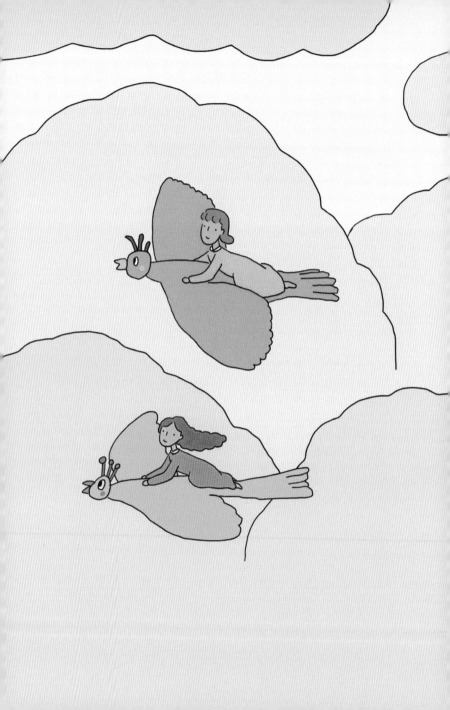

노이즈 캔슬링

친구가 이어폰을 샀다며 노이즈 캔슬링 기능을 알려주었다. 이어폰을 낀 뒤에 노이즈 캔슬링 버튼을 누르자 시끄러운 카페 소음이 모두 사라졌다. 텅 빈 곳에 혼자 있는 느낌. '어떻게 소리가 없어질 수 있지?' 생각하는데, 들어오는 소음의 반대 소리를 쏴서 소음을 없애는 간섭 현상의 원리라고 설명해주었다. 굉장하구나.

감탄에 감탄을 하며 집으로 돌아오는데 비가 미친 듯이 쏟아졌다. 빗소리가 좋다 하니 또 친구가 이어폰을 끼란다. 소리를 증폭시키는 버튼을 누르자 빗소리가 아주 크게 들렸다. 마치 내가 우산이 되어 쏟아지는 비를 맞는 기분이었다.

소리를 지우고 소리를 키우는 것이 마음대로 되다니! 이거 마술이구면, 마술!

숲속

카페

집

비 오는 날 자동차 안

바다

도서관

공간이 내는 소리

꼭꼭 숨기기

종종 노트북과 아이패드를 숨겨둔다. 여행을 가거나 본가에 길게 내려가 있을 때는 물론, 저녁 약속으로 잠깐 나갈 때도 불안하면 이 두 개를 꼭꼭 숨긴다. 집에서 가장 값나가는 것이기도 하지만 내 그림과 글이 모두 들어 있는 물건이라 더욱 소중하다.

숨기는 장소는 그때그때 다르다. 책장에 아이패드를 책처럼 세워 두면 아이패드 커버 덕분에 책과 구별이 되지 않아 좋다. 노트북은 침대 커버 밑에 두고 이불로 재차 덮어둔다.

하루는 집에 가서 노트북과 아이패드를 숨기고 왔다 말하니 아빠가 "아이고, 도둑이 바보인 줄 아나" 하며 웃으셨다. 그런가. 나는 노트북과 아이패드 이 두 가지도 불안해서 꼭꼭 숨겨놓고 다니는데 가진 것이 아주 많은 분들은 다들 어떻게 살고 있는 건가요?

다람쥐는 나중을 위해서

도토리를 이곳저곳에
파묻어둔다고 했다

그런데 그 도토리들을
다람쥐가 다 기억하지 못하는데

그렇게 이곳저곳에 묻힌 도토리들은

벌레들의 양식이 되기도 하고

떡갈나무로 자라기도 한다

다람쥐가 키운 떡갈나무

비가 오면

장마철이다.

비가 오는 날은 마음이 유연해진다.

하던 일을 모두 멈추고 가만히 노래를 듣는다.

비 오는 날은 약속에 늦어도

조심히 오라며 너그러워진다.

비 내리는 소리가 좋아

창가에 서서 한참을 바라본다.

나는 장마철을 좋아한다.

비 오면 서로에게

우산 챙겨라, 옷 따뜻하게 입어라,

말하는 그런 날들이 참 좋다.

갇히게 되면서 얻게되는 것들

당연하지 않은 것

아침에 먹는 따뜻한 밥.

친구가 힘내라고 보내주는 문자.

혼자서도 잘 자라고 있는 화분.

한결같이 밝게 인사하는 이웃.

시간 맞추어 도착하는 마을버스.

재미있게 읽은 책과 음악.

몇 년째 찾아가는 단골집.

당연한 것은 없다.

정말로 없다.

맛있는 된장찌개 끓이는 법

Epilogue

집에서 마라탕을 만들어보려고 온라인으로 장을 보는데 누군가가 남긴 고수 구매 후기가 내 눈길을 끌었다. 거기에는 뿌리 위로 짧게 잘린 고수를 작은 화단에 심은 사진과 함께 "일부러 뿌리가 있는 것으로 샀어요. 고수는 그늘이 있고 서늘한 곳을 좋아하는 것 같아요"라고 쓰여 있었다. 나도 요리하고 남은 고수를 화분에 심어볼까 싶어 100그램을 주문했고, 다음날 뿌리가 있는 여덟 개의 긴 고수가 도착했다.

뿌리가 있는 고수를 심는 방법은 다른 식물과 동일하다. 구멍이 있는 화분에 마사토라는 조금 굵은 모래를 깔고 그 위에 보드라운 흙으로 뿌리를 덮는다. 그러고는 일주일 정도 그늘에서 쉬게 한다. 그러고 보니 더 큰 화분으로 옮겨야 하는 식물이나 시들어가는 식물을 분갈이할 때도 충분히 물을 주고 며칠은 햇빛이 없는 그늘에 놔두라고 했다. 그렇게 가만히 내버려 두면 죽어가던 식물이 고개를 들기도 하고, 작은 식물들은 몸집을 더욱 키워 연두색 잎을 틔우기도 한다.

식물뿐일까. 봄, 여름, 가을, 활발하게 돌아다니던 덩치 큰 곰도 겨울이 되면 굴을 파서 들어가고, 날쌘 다람쥐와 목청 큰 개구리도 겨우내 활동을 멈추고 겨울잠을 잔다. 위대하고 못 하는 것 없는 자연이지만, 겨울이 오면 그 모두가 잠시 웅크리고 시간을 갖는다.

오리여인으로 5년 동안 한 번도 쉬지 않고 일했다. 그동안 네 권의 책을 만들었고, 오리여인이라는 활동명과 관련해서 저작권 문제로 골머리를 앓기도 했다. 그러다 정말 안 되겠다 싶어 활동을 멈췄다. 스스로 선택했다기보다 너무 소진되어버려 그럴 수밖에 없었다. 그렇게 나만의 시간을 가지게 되었다.

그동안 내 머릿속에는 일, 오로지 일밖에 없었다. 그런 내게 하루, 며칠, 아니 몇 달 동안 나만의 시간이 생긴 것이다. 처음 한 달은 어떻게 쉬어야 하는지 인터넷에 검색해야 할 정도로 일없이 멍하니 있는 게 힘들었다. 그전보다 오히려 우울해졌다.

하지만 그 시간을 견디고 나니 일상이 달라지기 시작했다. 대충 때우던 끼니는 싱싱한 식재료로 만든 요리로 대체되었고, 가보고 싶었던 미술관도 거의 다 다녀왔다. 속초, 제주도, 원주, 부산, 베트남에 여행을 다녀왔고, 못 본 영화와 드라마 몰아 보기로 시간을 보내기도 했다. 화훼시장도, 친구네도, 조카를 보러 이곳저곳을 쏘다녔다. 온종일 잠만 자기도 해봤고 고마운 이들에게 편지도 썼다. 부모님 집에서 밥도 해 먹고 텃밭에서 채소도 땄다. 책도 왕창 읽고 맛있는 음식도 먹고 운동도 다녔다. 내가 하고픈 일, 즐거운 일을 했다.

아침에 일어나 무언가를 처리하기 위해 바삐 움직이지 않고 뜸을 들이다 보면 고마웠던 일, 좋았던 일이 뭉글뭉글 떠올랐다. 속상했던 일도 함께 떠올랐지만, 충분히 오랫동안 나의 생각과 마음을 정리할 수 있었다. 다른 이의 의견을 묻느라 혼자서는 생각할 시간도 없던 그때와 달리 나의 시간을 온전히 지나고 있었다.

그렇게 충분히 시간을 보내고 다시 일을 시작했다. 예전에는 책을 준비하면서도 일이 들어오면 들어오는 대로 작업하곤 했는데 이제는 정중하게 거절한다. 마감을 하고 있지만, 저녁에 인터넷을 하거나 책이나 드라마를 보기도 한다. 주말에는 창을 활짝 열고 식물에게 맑은 공기를 쏘이고 나도 바람을 쐬러 나간다. 나는 나에게 시간을 주기로 했다.